Jenna Hansen

# Bis ich wieder lachen kann

Roman

Bibliografische Information der Deutschen Nationalbibliothek:
Die Deutsche Nationalbibliothek verzeichnet diese Publikation in der Deutschen Nationalbibliografie; detaillierte bibliografische Daten sind im Internet über http://dnb.dnb.de abrufbar.

Coverfoto: Canva.com

Lektorat und Korrektorat: Stift und Papier Lektoratsservice Dr. Alexandra Sept

Verlag: BoD · Books on Demand GmbH, In de Tarpen 42, 22848 Norderstedt
Druck: Libri Plureos GmbH, Friedensallee 273, 22763 Hamburg

Jenna Hansen
c/o Autorenbetreuung | Caroline Minn
(Impressumservice)
Kapellenstraße 3
54451 Irsch

ISBN: 978-3-7543-2966-5

# EINS

Der Schmerz hatte sich in ihrem Bauch festgesetzt. Direkt unter ihrer Brust konnte Katie ihn spüren und presste eine Hand darauf, während sie versuchte tief durchzuatmen und die Tränen zu unterdrücken. Sie musste sich zusammenreißen, denn gleich würden ihre Kinder in die Küche hinunterkommen und ihr Frühstück erwarten, bevor es in den Kindergarten und die Schule ging. Die vielen Streitereien waren auch an ihnen nicht spurlos vorbei gegangen und ihre Mutter dabei zu sehen, wie sie schon morgens kurz nach dem Aufstehen in der Küche zusammenbrach, wollte sie ihnen nicht auch noch antun. Sie war in vielerlei Hinsicht vielleicht egoistisch, wie ihr Mann – oder bald Exmann? – ihr immer wieder vorgeworfen hatte. Der Gedanke daran, dass sie ihn bald Exmann nennen würde, nahm ihr fast die Luft zum Atmen, so sehr tat er weh. Aber ihre Kinder waren das Wichtigste in ihrem Leben und stellten alle anderen Verpflichtungen sowie ihre eigenen Bedürfnisse in den Hintergrund.

Calvin, ihr Ältester mit seinen acht Jahren, sprang die Treppe herunter und kam zu ihr in die Küche gelaufen.

»Lani möchte unbedingt die rote Strumpfhose zu dem grünen Kleid anziehen, Mommy. Ich habe ihr gesagt, dass sie dann aussieht wie ein Weihnachtself, wir aber noch Sommer haben und da gibt es keine Weihnachtselfen. Da fing sie an zu weinen. Ist das Frühstück schon fertig, Mommy?«

Calvin war eine richtige Quasselstrippe. Wenn er nicht gerade schlief, erzählte er munter von seinem Traum in der letzten Nacht, den neuesten Geschichten seiner Mitschüler oder seinen Plänen für das nächste Wochenende. Aber er liebte seine kleine Schwester über alles und spielte jetzt schon den Beschützer für die Fünfjährige. Ein Segen für Katie, die erst vor wenigen Monaten von Clayton, ihrem Ehemann und Vater ihrer Kinder, verlassen wurde. Die Trennung hatte sie richtig aus dem Gleichgewicht gebracht. Sie hatte seitdem manchmal große Mühe, sich auf die alltäglichen Aufgaben zu konzentrieren aufgrund der Sorgen darum, wie es weitergehen würde.

»Guten Morgen, mein Großer.« Katie beugte sich zu Calvin und gab ihm einen Kuss auf die Stirn. Ihr Sohn nickte abwesend und hatte seinen Blick bereits auf den gedeckten Frühstücktresen gerichtet. Als seine Augen seine Lieblingsmüslischüssel mit den Autos auf dem Rand fanden, sprang er auf den Hocker und machte sich über sein Frühstück her. Katie schüttelte lächelnd den Kopf. »Ich schaue mal nach deiner kleinen Schwester und versuche sie zu überzeugen, dass sie heute keine Strumpfhose anziehen muss. Iss dein Frühstück langsam, mein Schatz, sonst bekommst du nachher im Auto wieder Bauchschmerzen«, fügte sie noch milde lächelnd an ihren Sohn hinzu.

Lani saß mit geröteten Augen und Tränen auf der Wange auf dem Teppich in ihrem Zimmer und spielte Zoo mit ihren

8

Plüschtieren, als Katie nach oben in ihr Kinderzimmer kam. Die rote Strumpfhose hing halb an ihren Beinen hochgezogen auf ihren Knien.

Katie hockte sich vor ihre Tochter und strich ihr liebevoll über den Kopf. »Liebling, wieso soll es heute unbedingt die rote Strumpfhose sein? Möchtest du nicht lieber ohne in den Kindergarten gehen? Es ist doch viel zu warm draußen für eine Strumpfhose.«

Lani schluchzte auf. »Ich möchte aber ein Weihnachtself sein. Es soll Weihnachten sein! Der Sommer ist blöd!«

Katie schloss für einen Moment die Augen und atmete tief durch. Die Hartnäckigkeit, um nicht zu sagen den Dickkopf, hatte die Kleine eindeutig von ihrem Vater geerbt, auch wenn sie sich bemühte, nicht schlecht über ihn zu denken. Ihr Mann und sie waren sich einig, dass sie es nicht an den Kindern auslassen wollten, dass es zwischen ihnen nicht mehr funktionierte. Bis vor ein paar Wochen noch hatte Clayton im Gästezimmer bei ihnen im Haus geschlafen; eine Übergangslösung, die mehr schlecht als recht funktioniert hatte. Dann hatte er aber seine Sachen gepackt und war in eine Wohnung in der Stadt gezogen, als die Kinder ein Wochenende bei Katies Eltern verbracht hatten. Wohlgemerkt in dasselbe Appartementgebäude seiner neuen Freundin, ein quirliges junges Ding mit einer schlanken, gut trainierten Figur und langen blonden Haaren, die ihr Leben bei Weitem nicht so ernst nahm geschweige denn ständig schlechte Laune versprühte, wie er das bei Katie immer kritisiert hatte. Das waren Claytons Worte gewesen, als er sie über seinen Auszug in Kenntnis gesetzt und bereits wenige Minuten später begonnen hatte, seine Taschen zu packen.

Die neue Situation war für alle nach wie vor mehr als ungewohnt und dementsprechend gewöhnungsbedürftig. Zumal ihre Kinder nicht unbedingt zu denjenigen gehörten,

9

die mit neuen Situationen sofort offen und selbstverständlich umgingen. Sie hatten schon immer eine gewisse Zeit an Vorlauf benötigt, um sich auf neue Gegebenheiten einzustellen, genau wie Katie selbst auch ihr ganzes Leben schon. Entsprechend schwierig war die neue Lebenssituation für die Familie, und entsprechend verständnisvoll und einfühlsam musste Katie mit ihren Kindern umgehen, obwohl sie selbst so verletzt war und sich am liebsten den ganzen Tag im Bett verkrochen und die Decke über den Kopf gezogen hätte.

»Lani Schatz, du liebst den Sommer. Es hat dir doch gefallen, am Wochenende bei deinen Großeltern im Pool zu plantschen, oder? Das kannst du im Winter nicht tun, wenn es draußen kalt ist.« Katie hoffte wirklich, ihre Stimme klang ruhig und überzeugend genug, um Lani zum Frühstücken zu bewegen und dieses leidige Strumpfhosenthema damit abzuhaken.

Aber Lani tat so, als hörte sie ihre Mutter nicht und spielte weiter mit ihren Kuscheltieren, während ihr die Tränen die Wangen herunterliefen und sie herzzerreißend schluchzte.

Zehn Minuten später kam Katie mit Lani auf dem Arm die Treppe herunter in die Küche und schickte Calvin, der in der Zwischenzeit sein Frühstück verputzt hatte, zum Zähneputzen ins Badezimmer. Mit viel Mühe und Geduld hatte sie ihre Tochter doch noch überzeugen können, dass heute kein Strumpfhosenwetter war und sie im Kindergarten bestimmt in der draußen angelegten Wasserlandschaft spielen durften. Die Sonne schien schon jetzt verheißungsvoll vom Himmel und Katie war sich sicher, dass es ein heißer Tag werden würde. Sie setzte Lani auf ihren Platz, stellte ihr Frühstück vor sie und bereitete die Lunchboxen der beiden weiter vor, damit sie sie gleich in ihre Rucksäcke packen

10

konnte. 20 Minuten später hatte sie beide auf ihren Kindersitzen in ihrem SUV angeschnallt und war auf dem Weg Richtung Grundschule und Kindergarten, die in dem ruhigen beschaulichen Ort in Connecticut, in dem sie wohnten, zum Glück gleich nebeneinander lagen und ihr so den täglichen Fahrweg deutlich vereinfachten.

Zurück zu Hause machte sie sich einen Cappuccino an ihrem Kaffeevollautomaten, lehnte sich mit dem Becher in der Hand an den Küchentresen und überlegte, was sie als erstes auf ihrem heutigen Tagesplan angehen würde. In den letzten Wochen fiel ihr die Hausarbeit schwer; sie wusste kaum, wo ihr der Kopf stand und was es alles zu erledigen galt. Dazu kamen diese permanente Schwere und Erschöpfung, die von ihrem Körper bereits seit Monaten – oder waren es Jahren? – Besitz ergriffen hatten und die kleinsten Tätigkeiten zu einem immensen Kraftakt machten. Aber trotzdem war sie froh, dass sie sich beschäftigen konnte und damit von der elendigen Misere abgelenkt wurde, in der sich ihr Leben aktuell befand.

Sie konnte kaum glauben, dass Clayton tatsächlich ausgezogen war und sich seitdem nur noch – in einem monotonen emotionslosen Ton wohlbemerkt – mit ihr über die Kinder unterhielt. Sonst gab es keine netten Worte, keine Frage, wie es ihr ging oder was sie am Wochenende unternehmen wollte. Wie war es nur so weit gekommen, dass sie keine gemeinsamen Gesprächsthemen mehr hatten, geschweige denn an einem Tisch essen und in einem Bett zusammen schlafen konnten? Auch wenn die Fragen unablässig in ihrem Kopf herumschwirrten, wusste sie es genau. Ihr gemeinsamer Alltag hatte nur noch aus Missverständnissen und gegenseitigen Vorwürfen bestanden. Wenn sie sich denn überhaupt mal über den Weg gelaufen waren. Während sie ihre Arbeit schon vor langer Zeit aufgegeben hatte, um sich um die Kinder und den Haushalt

11

zu kümmern, hatte Clayton sich mit den Monaten immer mehr in seine Arbeit gestürzt, war immer später nach Hause gekommen. Oft war er erst gekommen, wenn die Kinder schon im Bett lagen, und war morgens bereits wieder unterwegs, bevor sie aufstanden. An den Wochenenden ging er zum Sport oder traf sich mit seinen Kumpels, während sie etwas mit den Kindern unternahm und sich um Essen, Einkauf und Haushalt kümmerte. Manchmal überraschte Clayton sie, in dem er unangekündigt bei Calvins Baseballspielen auftauchte oder, wenn kein Spieltag war, etwas mit Calvin oder manchmal auch beiden gemeinsam unternahm. Aber niemals lud er Katie dazu ein. Sie hatte die versteckte Botschaft, die er ihr damit übersandte, klar und deutlich vernommen. Er legte auf ihre Anwesenheit keinen Wert mehr. Zu oft hatte sie ihn in den vergangenen Monaten wütend gemacht.

Katie fühlte sich so unheimlich missverstanden, dass es ihr physisch weh tat. Es wollte einfach nicht in ihren Kopf, dass es tatsächlich so weit gekommen war. Voller Sehnsucht dachte sie an die Anfangszeit ihrer Beziehung zurück, als alles noch so neu und aufregend gewesen war. Als sie einfach nicht ohne einander konnten und sich immer blind verstanden hatten. Sich ständig ihre Liebe zueinander gestanden hatten.

Sie hatte Clayton zu einem Zeitpunkt in ihrem Leben kennengelernt, an dem sie ziemlich häufig umhergetaumelt und allgemein sehr labil war. Die Gründe dafür waren vielfältig. Im Grunde aber war es eine Mischung. Sie wollte in ihrem Job viel erreichen, studierte nebenbei noch, um ihrer Karriere einen Schub zu verpassen und konnte aber gleichzeitig nicht allein sein. Sie hatte sich trotz des ganzen Stresses und der wenigen Zeit, die ihr neben Job und Studium blieb, sehr oft so unglaublich einsam und verloren gefühlt. Besonders in dem Jahr vor ihrem Kennenlernen hatte sie einige Fehler verbüßt, an die zu denken ihr heute noch schwerfiel

12

und die sie sich nie so richtig hatte verzeihen können. Sie hatte es sich damals aber gleichzeitig auch nicht zugestanden, aus diesen Fehlern zu lernen und sich selbst zu verzeihen, um wieder nach vorne blicken zu können. So kamen zu den äußeren Faktoren und der permanenten Überforderung noch Selbstvorwürfe und eine fehlende Selbstliebe hinzu.

Lag es daran, dass sie noch nie wirklich selbstbewusst durch ihr Leben gegangen war und es auch nie besonders gut mit sich allein ausgehalten hatte? Dass sie mit sich selbst nicht im Reinen war und deswegen ihre Beziehung seit einiger Zeit so holprig verlaufen war? Clayton hatte ihr von Anfang an so ein enormes Selbstvertrauen geschenkt; einfach durch seine Art, wie er alles angegangen war, ohne mit der Wimper zu zucken. Er war extrem selbstbewusst, irgendwie auch arrogant, aber auf eine sympathische Art und Weise. Er wusste einfach immer, was er wollte und das war erstaunlicherweise unter anderem auch Katie. Sie war zunächst skeptisch gewesen und konnte ihrem Glück nicht trauen, aber Clayton blieb hartnäckig. Inzwischen wusste Katie, dass Clayton immer das bekam, was er sich vorgenommen hatte. So trafen sie an einem sonnigen, warmen Tag aufeinander und plötzlich hatte Katie ihn an einem Wochenende ihren Eltern vorgestellt, nicht einmal zwei Monate nach ihrem Kennenlernen. Da wusste Katie, diesen so besonderen Mann musste sie um jeden Preis festhalten, denn so etwas Gutes würde ihr nicht noch einmal passieren und das durfte sie um keinen Preis vermasseln. Und standen diese Gedanken nicht sinnbildlich für ihre gesamte Gefühlswelt und das Problem an der ganzen Sache? Hätte sie das damals doch schon gesehen.

Katie bekam heute noch Gänsehaut vor Glück, wenn sie an die Zeit damals zurückdachte. Sie war so jung und verliebt gewesen und konnte selbst heute ihrem Glück kaum trauen.

Bis ihr wieder einfiel, dass nichts mehr so war wie noch vor ein paar Wochen und sich zu der Gänsehaut Übelkeit gesellte.

Im Nachhinein betrachtet wusste Katie, dass sie schon immer zwischen zwei emotionalen Extremen hin- und herschwankte. Zu Beginn ihrer Beziehung konnte sie dies noch unterdrücken, aber mit der Zeit trat es immer mehr zutage.

Auf der einen Seite war da diese bedingungslose Liebe zu ihrem neuen Freund und ihr Erstaunen darüber, dass dieser tolle unglaubliche Kerl tatsächlich mit ihr zusammen sein wollte und um sie gekämpft hatte. Sie konnte es einfach nicht fassen und hatte unglaubliche Angst, ihn zu verlieren. Das äußerte sich dann darin, dass Katie es Clayton immer und überall in allem recht machen wollte und nicht auf ihre eigenen Bedürfnisse achtete, was sich alles mit der Zeit anstaute. So reichte oft eine Kleinigkeit aus, um das Fass zum Überlaufen zu bringen. Das wiederum hatte sich dann gezeigt in Form von plötzlicher Zickigkeit, weil ihre Emotionen urplötzlich übergeschwappt waren, sie nie eine Pause eingelegt hatte und einfach nur unentwegt völlig überreizt war. Dieses Phänomen, diese ständigen Überschreitungen ihrer eigenen Grenzen, wusste Katie heute, traten schon auf, bevor sie beide sich kennengelernt hatten. Sie konnte es damals aber noch nicht einordnen. Wenn sie in so einen Tunnel von Überforderung und Emotionalität geriet, war Clayton derjenige, der alles abbekommen hatte. Ausgerechnet er, die Liebe ihres Lebens, von der sie damals nicht glauben konnte, dass er tatsächlich an ihr interessiert war und mit ihr zusammen sein, ja sogar sehr schnell zu Beginn ihrer Beziehung zusammenziehen und eine Familie gründen wollte.

Aber wie eine selbsterfüllende Prophezeiung saß sie nun allein hier in ihrem ehemals gemeinsamen großen Haus und kämpfte mit einer bodenlosen, niemals aufhörenden Erschöpfung, die ihr manchmal die Luft zum Atmen nahm, so

14

sehr hatte sie sie im Griff. Clayton hatte es nicht mehr mit ihr ausgehalten, hatte seine Sachen gepackt und war ausgezogen. Bei dem Gedanken daran übermannten sie Schuldgefühle und unendliche Traurigkeit. Die Kinder holte er jedes zweite Wochenende ab und verbrachte Zeit mit ihnen, mit Katie selbst sprach er nur noch das nötigste.

Bevor es dazu gekommen war, hatten sie sich immer weiter voneinander entfernt. Die Probleme hatten über die Jahre immer mehr Raum in ihrer Beziehung eingenommen, bis ein alltägliches Miteinander nicht mehr möglich gewesen war. Ständig hatte einer den anderen missverstanden, sie trafen keine gemeinsamen Absprachen mehr und irgendwann war es zur Normalität geworden, dass Clayton im Gästezimmer schlief, wenn er spät von der Arbeit oder seinen Kumpels nach Hause kam. Irgendwann verbrachte er schließlich jede Nacht dort, bis er dann ganz auszog in sein eigenes Appartement.

Katie liefen die Tränen über das Gesicht und der Zusammenbruch, der sich bereits den gesamten Morgen über zunehmend zusammenbraute, den sie aber aufgrund ihrer Kinder ganz nach hinten in ihr Bewusstsein geschoben und versucht hatte zu verdrängen, ließ sich nicht mehr aufhalten. Sie wusste einfach nicht mehr weiter. Eigentlich wusste sie gar nichts mehr bis auf die Tatsache, dass sie so nicht mehr weitermachen konnte. Völlig verzweifelt sackte sie in sich zusammen und ließ den Tränen freien Lauf.

Katie war am Boden zerstört. Nach ihrem emotionalen Zusammenbruch am Vormittag hatte sie sich den restlichen Tag über gehen lassen, bevor sie alle ihre Kraft aufbringen musste, um aufzustehen und ihre Kinder abzuholen. Sie schaffte es nicht, ihre niedergeschlagene Stimmung vor Calvin und Lani zu verbergen. Das Ergebnis war, dass sie alle drei noch vor dem gemeinsamen Abendessen derart voneinander genervt waren und sich nur noch angeschrien hatten, dass sie die beiden kurzerhand mit ihrem Essen vor dem Fernseher platziert und sich selbst überlassen hatte. Ihr eigenes Abendessen hatte sie lustlos und allein in der Küche zu sich genommen.

Und dann hatte Lani, ihre kleine, süße, niemals die gute Stimmung verlierende Tochter, sie gebissen, als es darum ging ins Bett zu gehen. Nicht aus Spaß, nein, so richtig heftig in den Oberschenkel, so dass sie dort nun die Abdrücke von Lanis kleinen Zähnchen sah und sich bis morgen dort bestimmt ein Bluterguss bilden würde.

Lani lag mittlerweile weinend in ihrem Bett und Katie hatte sich ins Wohnzimmer zurückgezogen, zu kraftlos, um sie zu trösten. Calvin hatte sich bereits vor einiger Zeit genervt von dem Gequengel seiner kleinen Schwester in sein Zimmer verkrochen und las bestimmt in seinem Bett. Währenddessen tigerte Katie ruhelos durch das Zimmer, dabei flossen ihr die Tränen über das Gesicht. Was sie so mitnahm, war ihre eigene Reaktion auf Lanis Verhalten gewesen. Sie war so entsetzt und perplex von dem Biss gewesen, dass sie sofort aufgesprungen war und Lani angeschrien hatte. Und dann hatte sie ihr eine Ohrfeige verpasst. Das war ihr noch nie passiert! Sie schämte sich so sehr über ihr eigenes Verhalten. Wie sollte sie sich das selbst nur jemals verzeihen und wieder in den Spiegel schauen können?

Offensichtlich waren die Ereignisse der letzten Zeit eindeutig zu viel und sie hatte sich nicht mehr unter Kontrolle, wenn etwas Außergewöhnliches passierte. Letzten Endes war das aber nur der zu erwartende Abschluss eines absolut verkorksten Tages gewesen. Katie hatte keine Ahnung, wie sie mit der Situation umgehen sollte. Sie wusste nur, dass es so einfach nicht weitergehen konnte. Am nächsten Tag hatte sie einen Termin bei ihrer neuen Therapeutin. Dort würde sie den

16

heutigen Vorfall ansprechen und gemeinsam mit ihr an einer Strategie arbeiten, wie sie solche Situationen besser handhaben könnte und vor allem erst gar nicht mehr entstehen lassen würde.

Die Aussicht, die Sache anzugehen und einen Plan zu haben, ließ sie etwas zuversichtlicher werden. Katie nahm einige tiefe Atemzüge und sammelte sich. Sie wischte sich die Tränen von den Wangen und ging etwas beruhigter nach oben in Lanis Zimmer. Ihre Tochter lag zusammengekauert auf ihrem Bett und wimmerte noch immer vor sich hin. Katies Herz zog sich bei dem Anblick schmerzhaft zusammen und mit wenigen Schritten durchquerte sie das Zimmer, um sich auf die Bettkante neben ihrer Tochter zu setzen. Mit einer Hand fuhr sie Lani liebevoll über das Haar und bemühte sich um einen ruhigen Ton. »Es tut mir leid, mein Engel. Ich wollte dich nicht anschreien.«

Lani schluchzte leise auf und wischte sich mit ihren kleinen Händen über die Augen und die Nase, sagte aber nichts und blickte Katie auch nicht an. Katie versuchte, sich davon nicht beirren zu lassen. Sie wollte nicht, dass Lani einschlief, ohne dass sie sich ausgesprochen hatten. »Kannst du mir sagen, warum du mich gebissen hast?« Noch immer sagte Lani kein Wort, hatte aber mit dem Schluchzen aufgehört und schien ihr zumindest zuzuhören. »Du hast mir damit sehr weh getan, meine Kleine. Dass du mich gebissen hast, macht mich sehr traurig.« Katie machte eine kurze Pause. »Hast du das getan, weil ich laut geworden bin?«

»Ich mag es nicht, wenn du mit mir schimpfst, Mommy«, hörte sie Lani nun doch sagen, wenn auch sehr leise.

»Ich mag es auch nicht, mit dir zu schimpfen und es tut mir sehr leid.«

»Es tut mir auch leid, Mommy. Ich wollte dir nicht weh tun.«

Erleichtert, dass Lani sich ebenfalls bei ihr entschuldigt hatte und sich ihres Verhaltens offenbar bewusst war, beugte sich Katie zu ihrer Tochter und gab ihr einen Kuss auf die Wange. »Vertragen wir uns wieder, mein Engel?«

Lani schlang ihre kleinen Arme um sie und drückte sie ganz fest. »Ja, Mommy. Ich hab' dich lieb.«

Katie umarmte sie ebenfalls und gab ihr einen Kuss auf den Kopf. »Ich dich auch, Lani.«

»Können wir noch etwas kuscheln, Mommy?«

Katie lächelte. »Natürlich, mein Schatz.« Sie legte sich zu ihrer Tochter und nahm sie in den Arm. Vertrauensvoll schmiegte sich Lani an sie. So blieben sie eine Zeit lang liegen, bis Katie schließlich wieder sprach: »Und nun schlaf gut, meine Kleine, und träum etwas Schönes, ok?«

»Ok, Mommy.« Lani kuschelte sich in ihr Bett und schloss sofort die Augen, nachdem Katie aufgestanden war. Offenbar hatte sie der emotionale Tumult genauso erschöpft wie Katie.

Sie schaltete das Nachtlicht auf Lanis Kommode an und ging leise hinaus. Anschließend warf sie einen Blick in Calvins Zimmer. Wie vermutet saß er, immerhin bereits im Schlafanzug, auf seinem Bett und las in seinem aktuellen Buch.

»Nur noch das Kapitel, Mommy«, rief er ihr zu, als er sie im Türrahmen stehen sah.

» Hast du deine Zähne schon geputzt?

»Habe ich!«

»Sehr gut. Noch zehn Minuten und dann Licht aus, mein Großer.« Calvin war jedoch schon wieder in sein Buch vertieft und antwortete ihr nicht. Mit einem Lächeln im Gesicht schloss sie die Tür und ging wieder nach unten, um es sich ebenfalls mit einem Buch auf der Couch gemütlich zu machen, bis es für sie Zeit wurde, ins Bett zu gehen.

18

Zur selben Zeit verließ Clayton das Fitnessstudio. Nach einem erfolgreichen aber auch anstrengenden Tag im Büro hatte er sich bei einem kräftezehrenden Training ordentlich ausgepowert. Am liebsten wäre er anschließend zu seinen Kindern gefahren. Ihr Geplapper und ihre stürmischen Umarmungen waren genau das, was ihm an diesem Tag noch fehlte.

Wie immer, wenn er an sie dachte, verspürte er einen unangenehmen Stich in seiner Herzgegend und fragte sich, wie sie mit der Trennung von ihm und Katie zurechtkamen. Er selbst hatte die Trennung nur sehr schwer verkraftet und sich tagelang bei seinem besten Kumpel Brad auf der Couch betrunken und ausgeheult, und er war ein erwachsener, gestandener Mann. Wie sollte es dann wohl seinen Kindern gehen, geschweige denn Katie, die so unglaublich sensibel war? Bei dem Gedanken an Katie verstärkte sich das Ziehen in seinem Herzen und er verbot sich jeden weiteren Gedanken an seine Frau, während er sich abwesend über die Brust strich, wie um den Schmerz wegzuwischen. Sie war schließlich schuld an dieser ganzen Situation. Wenn sie sich nicht ständig so egoistisch verhalten und sich über jede Kleinigkeit beschwert hätte und dabei Clayton auch noch die Schuld an allem gegeben hätte und sich stattdessen einfach nur mal ein bisschen zusammengerissen hätte, wären sie erst gar nicht in diese miserable Lage gekommen und hätten ihr schönes Leben weiterführen können wie bisher. Leider sah Katie das anders, wie sie mit ihrem egoistischen Verhalten jeden Tag aufs Neue bewiesen hatte. Da war es auch kein Wunder, dass er Zuflucht bei Anastacia gesucht hatte, die er hier im Fitnessstudio kennengelernt hatte. Er hatte sich nach Feierabend in den Sport gestürzt und die attraktive, sportliche Blondine genau in der Zeit getroffen, als es bei ihm Zuhause richtig gekracht hatte. Anastacia hatte ihn mit offenen Armen in ihrem Leben

19

aufgenommen und ihm berichtet, dass in ihrem Appartementkomplex eine Wohnung freigeworden war, als er ihr an einem Freitagabend nach einem riesigen Streit mit Katie aufgebracht erklärt hatte, dass er dringend aus dem gemeinsamen Haus ausziehen musste, wenn er nicht durchdrehen wollte. Eine Woche später hatte er das bereits in die Tat umgesetzt und genoss seitdem sein neues Leben. Unverbindlicher Sex, denn Anastacia wusste, was sie an ihm hatte und stellte keine weiteren Forderungen. Er konnte tun und lassen, was er wollte, ohne dass ihm dabei jemand die Laune verhagelte. Es hätte großartig sein können, wären da nicht seine Kinder gewesen, die er schrecklich vermisste.

Er zog sein Handy aus der Tasche und schrieb Anastacia eine kurze Nachricht in der Hoffnung, sich heute Abend noch in ihren Armen verlieren und die trübsinnigen Gedanken in seinem Kopf somit vertreiben zu können.

# ZWEI

Am nächsten Tag saß Katie bei Eleanor Shaw auf der Couch und berichtete ihr von ihrem gestrigen Zusammenbruch. Als Clayton ausgezogen war, war in Katie etwas aufgesprungen, wie eine Blase, die plötzlich geplatzt war. Ihr war klar geworden, dass sie es alleine nicht schaffen würde und so hatte sie sich auf die Suche nach einer Beratung gemacht, die ihr aus dieser Lebenskrise hinaushelfen sollte. Aber wie so oft in ihrem Leben fühlte sie sich bereits bei der Suche und anschließend in den Erstgesprächen überfordert und verloren. Keiner der verschiedenen Ansätze, die die unterschiedlichen Therapeutinnen und Therapeuten vorschlugen, brachte in ihr das Gefühl hervor, wirklich voranzukommen und ihre Situation nachhaltig zu verändern oder sogar überhaupt verstanden zu werden. Einer der Therapeuten hatte ihr sogar nahegelegt, ihrem Exmann das alleinige Sorgerecht für ihre Kinder zu übertragen, da sie ja offensichtlich mit ihrem Leben, so wie es zu dem Zeitpunkt aussah, hoffnungslos überfordert wäre. Aufgebracht war sie hinausgestürmt und hatte seine Praxis nie wieder betreten. Ihre Kinder im Stich zu lassen, würde für Katie niemals in Frage kommen, egal wie sehr sie ihre Emotionen vereinnahmten und ihr die Kraft für ein erfülltes Leben nahmen.

Der Glückstreffer, den ihre neue Therapeutin darstellte, ließ lange auf sich warten. Überzeugt, dass dies der richtige Weg war, hatte Katie ihre Suche nicht aufgegeben. Sie freute sich noch immer, dass sie die sympathische Frau kennengelernt hatte. Eleanor Shaw hatte graue Haare und unzählige Lachfalten in ihrem Gesicht, sodass man sich in ihrer Gegenwart auf Anhieb wohlfühlte. Heute war Katies dritter Termin bei der erfahrenen Therapeutin und schon jetzt verspürte sie einen, wenn auch ganz kleinen und zarten Hoffnungsschimmer in ihrem Innersten. Es fühlte sich einfach richtig an, hier bei Eleanor im Büro zu sitzen und von sich, ihren Gedanken, Ängsten und Gefühlen zu berichten, ohne dass sie sich schämte oder befürchten musste, verurteilt zu werden. Für Katie war das ein sehr großer und bedeutsamer Schritt in die richtige Richtung. Ihr ganzes Leben lang plagte sie sich schon mit der Angst herum, nie gut genug zu sein oder nicht anerkannt und respektiert zu werden. Dass Eleanor ihr genau das Gegenteil vermittelte, nämlich dass Katie jedes Recht der Welt hatte, diese Gefühle zu haben und zu sein, wie sie nun einmal war, stellte für Katie eine riesengroße Erleichterung dar und beruhigte sie sehr. Sie setzte große Hoffnungen in Eleanor, dass sie ihr aus ihrer Krise helfen würde.

»Was genau meinen Sie, Katie, wenn Sie sagen, Sie wollen nicht mehr?«, fragte Eleanor sie, nachdem sie mit ihrem Bericht vom Vortag zu Ende war.

Katie atmete tief durch und versuchte, sich zu sammeln. Das Geschehene noch einmal zu durchleben, während sie

Eleanor davon berichtete, hatte sie durcheinandergebracht und extrem aufgewühlt. Wie so oft wusste sie einfach nicht, wo ihr der Kopf stand und wie es weitergehen sollte. Genau das sagte sie der Therapeutin. »Ich meine damit nicht, dass ich nicht mehr leben möchte. Im Gegenteil, ich weiß, meine Kinder brauchen mich und ich liebe sie über alles und möchte für sie da sein. Ich möchte es einfach nur wieder hinkriegen. Ich möchte wieder glücklich sein und mein Leben genießen können. Aber es fühlt sich zurzeit alles so aussichtslos an. Die Trennung, den Alltag der Kinder organisieren, meine deprimierende Lage, all das überfordert mich. Ich weiß nicht, ob Clayton jemals wieder zu mir zurückkehren wird und wenn nicht, wie ich das große Haus ohne geregeltes Einkommen alleine halten soll. Ich möchte die Kinder aber auch nicht aus ihrem Zuhause reißen. Und wer kümmert sich um sie, wenn ich wieder eine Arbeit gefunden habe? Die Gedanken stürmen nur so auf mich ein, ich fühle mich unglaublich verloren und allein, habe niemanden, der mich unterstützt. Ich fühle mich, als würde ich durch einen Sumpf waten und meine Füße würden bei jedem Schritt im Boden steckenbleiben, sodass es viel Kraft kostet weiterzugehen und ich nicht mehr richtig vorwärtskomme, stattdessen nur weiter in den Abgrund gezogen werde.«

Eleanor nickte ihr sanft lächelnd zu, während Katie in sich zusammensackte. Ihre Gefühlswelt und all das, was in ihrem Inneren vor sich ging, in Worte zu fassen, war alles andere als einfach und erschöpfte sie unglaublich. Aber bei Eleanor Shaw hatte sie das Gefühl, eine aufmerksame Zuhörerin zu haben, eine, die sie wirklich verstand. Die hinter Katie stand und ihr wirklich helfen wollte. Das machte sie auch mit ihren nächsten Worten deutlich. »Sie sind ein zielstrebiger, ordentlicher und akkurater Mensch, Katie. Was alles sehr bewundernswerte Eigenschaften sind. Da ist es nur allzu verständlich, wenn Sie

Ihr Leben in so kurzer Zeit wie möglich wieder in geordnete Bahnen lenken und alles beim Alten haben möchten. Aber die Situation, in der Sie sich befinden, ist kein Handschuh, der sich einfach mal so nebenbei abstreifen und beiseitelegen lässt. Im Gegenteil, die ganzen Vorkommnisse zeigen Ihnen, dass irgendetwas nicht stimmt. Ihr Kopf hat automatisch ein Schutzschild gebildet, ein Stoppschild, das sagt: ,Halt, so geht es nicht weiter, Katie!'. Verstehen Sie, was ich meine?«

Katie nickte und spürte gleichzeitig, wie die Hoffnungslosigkeit weiter von ihr Besitz ergreifen wollte. Tränen traten ihr in die Augen und sie wollte am liebsten nur noch heulen. Eleanor schien das zu merken und sprach in ihrer ruhigen und einfühlsamen Art weiter. »Auch wenn Sie es aktuell noch nicht spüren, es wird besser werden. Ein erster Schritt ist gemacht, Sie haben die Situation angenommen und sich Hilfe gesucht. Das zeigt, dass Sie Verantwortung übernehmen und wirklich nachhaltig etwas ändern möchten. Aber diese Veränderung und das Bewusstsein dafür, muss und darf in Ihrem Inneren geschehen. Die Heilung funktioniert nicht von außen. Und dieser ganze Prozess braucht Zeit. Es wird vermeintliche Rückschritte geben. Es werden Sachen hochkommen, von denen Sie dachten, Sie hätten Sie schon lange verarbeitet und würden heute in Ihrem Leben keine Rolle mehr spielen. Aber Ihre aktuelle Situation zeigt, dass dies nur Wunschdenken ist.

Ich werde bei Ihrem weiteren Weg an Ihrer Seite stehen. Sie sind nicht mehr allein, Katie. Haben Sie Hoffnung und vertrauen Sie auf Ihre eigenen Kräfte. Es ist alles bereits in Ihnen. Sie dürfen von innen heraus heilen und Sie dürfen sich dabei selbst vergeben für alles, was bisher geschehen ist. Sie sind so eine starke Frau, Sie werden das schaffen, dass verspreche ich Ihnen!«

Die restliche Zeit gab Eleanor ihr Tipps, was sie zu tun hatte, wenn die Hoffnungslosigkeit und Überforderung das nächste Mal über sie hereinbrechen sollten. Außerdem bekam Katie als Hausaufgabe, wie Eleanor es mit einem Lächeln nannte, sich bis zum nächsten Termin jeden Tag eine Sache zu gönnen, die im Zeichen von Selbstfürsorge stand. Es brauchten auch nur ein paar Kleinigkeiten zu sein, wie einfach nur für ein bis zwei Minuten innezuhalten, tief durchzuatmen und ihre Aufmerksamkeit nach innen zu richten. Oder aus dem Fenster schauen, achtsam einen Tee trinken, Yoga machen, sich eine Massage gönnen. Hauptsache Katie nahm sich bewusst nur für sich selbst Zeit und tat sich etwas Gutes, ganz ohne ein schlechtes Gewissen. Eleanor erklärte ihr in diesem Zusammenhang, wie wichtig es war, dass Katie auch an sich dachte, sich selbst versorgte, damit sie überhaupt die Kraft hatte, sich um ihre Kinder und alles weitere zu kümmern. Mit einer völlig ausgelaugten, kraftlosen Katie war niemandem geholfen, vermittelte Eleanor ihr eindringlich. Und Katie versprach, sich selbst diese Tatsache täglich zu Herzen zu nehmen und umzusetzen.

Außerdem sollte Katie sich jeden Tag mehrmals vor den Spiegel stellen und sich gut zureden. Ein großes Thema, wie Eleanor herausstellte, waren die negativen Glaubenssätze, die Katie von sich selbst hatte und mit denen sie sich den ganzen Tag unbewusst selbst verurteilte und so ihre Gedanken und Einstellungen beeinflusste. Diese Glaubenssätze musste Katie entlarven und ins Gegenteil umdrehen, damit sie nachhaltig ihr Selbstbewusstsein aufbauen konnte. Gemeinsam stellten sie eine Liste mit all den Dingen auf, die Katie über sich selbst dachte. Sie war überrascht, was da alles hervorkam. Sie fühlte sich nicht gut genug, nicht liebenswert und wertvoll. Sie durfte keine Fehler machen. Sie musste den Erwartungen von anderen gerecht werden und durfte niemanden enttäuschen.

25

Pausen standen ihr nicht zu, stattdessen musste sie immer fleißig sein.

Kein Wunder, dass sie sich immer so schlecht fühlte, wenn sie mit sich selbst so sprach. Lag es nicht an allererster Stelle an ihr, dass sie selbst ihr größter Fürsprecher war und sich selbst annahm, so wie sie war? Wenn sie es nicht tat, wer sollte es dann machen? Eleanor erklärte ihr auch das Gesetz der Resonanz, was bedeutete, dass alles, was Katie über sich selbst dachte und fühlte, in die Welt hinausgesendet wurde und wieder zu ihr zurückkam. Wenn das keine positiven, sich selbst annehmenden Gedanken und wohlwollenden Gefühle ihr gegenüber waren, war es ja kein Wunder, dass sie immer das Gefühl hatte, dass die Welt nur gegen sie war und ihr permanent Steine in den Weg legte. Die Erklärungen von Eleanor waren schlüssig und öffneten Katie die Augen.

Deutlich hoffnungsvoller als bei ihrer Ankunft und mit klopfendem Herzen trat Katie am Ende des Beratungsgesprächs aus dem Gebäude, in dem sich das Büro von Eleanor Shaw befand. Sie ging zu ihrem Auto, um ihre Kinder abzuholen und sich einen schönen Nachmittag mit ihnen zu machen. Sie hatte heute eine Menge über sich selbst und ihre Probleme erfahren. Ihr war immer noch ganz schwindelig von den vielen Offenbarungen, die sich ihr während ihrer Sitzung gezeigt hatten. Das Gefühl, mit Eleanor die richtige Ansprechpartnerin für ihre Probleme zu haben, hatte sich weiter verfestigt. Diese Frau war so unglaublich weise und strahlte bei ihrer Wissensvermittlung eine Ruhe, Geduld und liebevolle Güte aus, die Katie ganz beseelt zurückgelassen hatten. Sie wusste nun, dass sie selbst die Kraft in sich hatte – und nur sie allein! – sich das Leben zu erschaffen, dass sie wirklich wollte. Es lag ganz allein an ihr, was sie aus ihrem Tag machte. Und das begann bereits am Morgen, wenn sie die Möglichkeit nur am Schopfe ergreifen musste, den vor ihr liegenden Tag zu planen. Der Rest würde von allein kommen. Es klang beinahe zu einfach, um wahr zu sein und es würde ihr zu Beginn garantiert schwerfallen, dass ihre neuen Absichten und Glaubenssätze nicht im Trubel des Alltags untergingen. Katie musste sie festigen, damit sie irgendwann wie selbstverständlich zu ihr gehörten, als wäre es nie anders gewesen. Es fühlte sich alles so richtig an. Allein das zeigte Katie bereits, dass es sich definitiv lohnen würde dranzubleiben.

Sie nahm sich vor, mit ihren Kindern ein Eis essen zu gehen und auch wenn es nicht ganz das war, was Eleanor ihr in Sachen Selbstfürsorge aufgetragen hatte, so hatte Katie doch das Gefühl, einen Schritt in Richtung schöneres Leben zu tun. Gemeinsame Erlebnisse mit ihren Kindern außerhalb des Hauses waren ebenso wichtig, sowohl für ihre Kinder, als auch für sie selbst, fand Katie. Nur etwas für sich selbst zu tun, damit tat sie sich sehr schwer. Sie würde versuchen, sich zu überlegen, wie genau das aussehen konnte, sobald die Kinder im Bett lagen und eine Liste mit all den Dingen zu erstellen, die ihr einfielen. Dann wollte sie sich eine erste kleine Sache für morgen vornehmen.

Clayton war auf dem Weg zu einem Kundentermin, als er an dem kleinen Eiscafé, welches seine Kinder so sehr liebten, vorbeikam. Er ließ seinen Blick über die Gäste im Eiscafé wandern, da ertönte es auch schon von einem Blondschopf, der ihm nur allzu bekannt war: »Sieh mal, Mommy, da vorne ist Daddy!«

Clayton sah, wie Calvin von seinem Stuhl aufsprang und sich rennend und hüpfend einen Weg um die Tische und Stühle, die von den anderen Eiscafébesuchern besetzt waren, bahnte. Er strahlte Clayton schon von weitem an. Kurz darauf warf sein Achtjähriger sich in seine Arme. Clayton hob ihn lachend in die Luft und drückte ihm einen Kuss auf den Kopf, bevor er ihn wieder sicher auf den Fußweg vor dem Eiscafé hinstellte. »Hallo, mein Großer. Wie geht es dir?«

»Gut! Mommy ist mit uns Eis essen gegangen. Setzt du dich zu uns?« Calvin strahlte ihn an. Ihn zu sehen, sorgte bei Clayton sofort für eine bessere Laune.

»Ich bin leider auf dem Weg zu einem Termin, Großer, und muss mich beeilen, damit ich pünktlich komme.«

Doch Calvin wollte davon nichts hören und packte ihn an seiner Hand, um ihn zu dem Tisch zu ziehen, an dem Katie und Lani noch saßen. »Komm schon, Daddy. Nur ganz kurz. Ich teile auch mein Eis mit dir.«

Calvin sah ihn auffordernd und hoffnungsvoll zugleich an und Clayton konnte nicht anders, als sich von seinem Sohn mitziehen zu lassen. Er blickte auf und sah zu Katie, die ihm mit scheinbar neutralem Blick entgegensah. Er wusste, dass sie dieser Blick einiges an Anstrengung und Selbstbeherrschung kosten musste, denn Katie gehörte normalerweise zu den Leuten, denen man jedes Gefühl und jeden Gedanken von ihrem Gesicht ablesen konnte. Dass sie ihm jetzt so ohne jegliche Regung auf ihren Gesichtszügen entgegenblickte, konnte nicht einfach für sie sein. Nicht bei ihrer gemeinsamen Geschichte und nach allem, was im letzten Jahr zwischen ihnen vorgefallen war. Sie hatten sich bei den gegenseitigen Vorwürfen beide nichts geschenkt und was dort an Worten gefallen war, konnte Clayton immer noch nicht fassen. Dass er seiner Frau jemals verzeihen könnte für all das, was sie ihm angetan hatte, war mehr als unwahrscheinlich. Und was ihn am meisten belastete, war die Tatsache, dass sie ihm die ganze Schuld an ihrer Lage gab. Ausgerechnet ihm, der alles für seine Familie tat und nur so viel arbeitete, damit sie ein sorgloses Leben führen konnten und Katie genügend Zeit hatte, sich um ihre Kinder kümmern zu können.

28

Entsprechend knapp und kühl fiel seine Begrüßung an seine Frau aus. Er ging nach einem kleinen Kopfnicken und einem gemurmelten »Katie« in ihre Richtung sofort neben seiner Jüngsten in die Hocke, um ihr einen Kuss auf die Stirn zu drücken. »Hey, meine Kleine. Schmeckt dir dein Eis? Was isst du da?«

»Hi, Daddy. Spaghettieis. Möchtest du mal probieren?«

Auffordernd hielt sie ihm ihren Löffel entgegen, von dem das bereits angeschmolzene Eis zu tropfen drohte. Clayton blieb nichts anderes übrig, als sich zu ihr herunterzubeugen und den Löffel voll mit Eis in den Mund zu nehmen. Er bekam überwiegend Erdbeersoße zu schmecken. Die klebrige Süße ließ Clayton kurz erschauern, aber Lani zuliebe setzte er ein Lächeln auf. »Mhmm, sehr lecker. Danke, mein Schatz!«

»Möchtest du noch mehr?«

»Nein danke, Süße. Daddy muss jetzt leider weiter, ich habe noch einen wichtigen Termin.«

Calvin schaltete sich daraufhin ein, der mittlerweile seinen Platz wieder eingenommen hatte, aber vor Aufregung zappelte. »Aber du hast noch gar nichts von meinem Eis probiert, Daddy. Hier, das musst du unbedingt probieren!«

Calvins Löffel war voll mit Eis aus einem sehr unnatürlich aussehenden, neonfarbenen Blau und dazu durchsetzt mit Smarties. Er wappnete sich innerlich vor dem Zuckerschub, der unausweichlich mit der Ladung Eis auf Calvins Löffel folgen musste und öffnete seinen Mund erneut, um auch seinem Ältesten die Freude zu machen.

Nachdem er beiden versichert hatte, wie lecker ihre Eisbecher doch waren, erhob sich Clayton wieder. Er streichelte seiner Tochter über die Wange und verstrubbelte Calvin die Haare. »Ich muss jetzt leider wirklich weiter, aber ich habe mich sehr gefreut, euch hier zu sehen und von euren

Eisbechern zu probieren. Am Samstag hole ich euch bei eurer Mutter ab, dann unternehmen wir etwas ganz Tolles!«

»Au ja!«, jauchzte Calvin. »Dürfen wir dann auch bei dir übernachten, Daddy?«

»Das müsst ihr eure Mutter fragen, Großer.«

Calvin wandte sich sofort an Katie und sah sie mit großen Augen bettelnd an. »Dürfen wir, Mommy? Bitte, bitte, bitte! Daddy lässt uns immer so lange aufbleiben, wie wir möchten und zum Frühstück macht er uns Pancakes mit Gesichtern aus Beeren. Die sind dann sogar gesund!«

Katie, die dem ganzen Austausch bisher bis auf eine kurze gemurmelte Begrüßung in seine Richtung nur schweigsam zugesehen hatte, antwortete ihrem Sohn: »Natürlich könnt ihr am Wochenende bei eurem Vater übernachten. Er muss euch nur am Sonntag rechtzeitig zurückbringen. Ihr wisst ja, Granny und Grandad kommen zum Kaffeetrinken zu uns.«

Calvin sprang freudestrahlend von seinem Stuhl auf und rannte erst zu Katie, um sie zu umarmen und ein »Danke, Mommy!« zuzurufen, bevor er zu Clayton kam und ihn ebenfalls stürmisch umarmte. »Bis Samstag, Daddy. Ich freue mich!«

»Ich mich auch, mein Großer.« Mit einem abschließenden Winken und Lächeln in Lanis und Calvins Richtung drehte Clayton sich von seiner Familie weg und machte sich schweren Herzens auf den Weg zu seinem Termin.

# DREI

Sonntagnachmittag stand Katie in ihrer Küche und schnitt den Apfelkuchen an, den ihre Mutter für ihr gemeinsames Kaffeetrinken gebacken hatte. Ihre Eltern saßen im Wintergarten, den Katie bereits eingedeckt hatte, während ihr Puls allmählich ungesunde Ausmaße annahm und immer höher stieg. Clayton ließ mit den Kindern auf sich warten und dass, obwohl sie gestern, als er die beiden abgeholt hatte, noch einmal betont hatte, dass er sie bis 15 Uhr zurückbringen sollte. Das war so typisch Clayton, nie hielt er sich an Absprachen und war nur auf Dinge bedacht, die ihn selbst betrafen. Wenn andere auf ihn warten mussten, hatten sie Pech gehabt, das war schon immer seine Ansicht gewesen. Er ließ sich einfach nicht stressen und dachte nie voraus, wenn es nicht gerade um eine Sache ging, die ihm persönlich wichtig war.

Ein Blick aus ihrem Küchenfenster zeigte Katie, dass Clayton es nach einer halben Stunde Verspätung doch noch geschafft hatte, denn gerade bog sein Wagen in die Auffahrt ab. Wutschnaubend warf sie das Kuchenmesser auf den Tresen und ging zur Haustür, um ihn zur Rede zu stellen. Wenn er sich nicht an ihre gemeinsamen Absprachen hielt, sah sie einfach immer rot und wurde zur Furie. Er hatte ihr während ihrer Ehe immer wieder vorgeworfen, egoistisch zu sein und nur an sich selbst zu denken, dabei war er derjenige, der nie auf andere Rücksicht nahm.

Sie gab Clayton gerade noch Gelegenheit, die Autotür zuzumachen, nachdem er aus dem Wagen ausgestiegen war, da ging sie schon auf ihn los. »Was fällt dir ein, hier eine halbe Stunde zu spät aufzukreuzen? Du wusstest ganz genau, dass meine Eltern für heute Nachmittag angekündigt waren und du die Kinder rechtzeitig vorher zurückbringen solltest!«, zischte sie ihm wütend an. Sie versuchte, so leise wie möglich zu sein. Vor allem ihre Kinder aber auch ihre Eltern im Haus und die Nachbarn sollten schließlich nichts von ihrem Streit mitbekommen. Schlimm genug, dass die Nachbarn sich bereits die Mäuler zerrissen, weil ihr Mann aus dem gemeinsamen Haus ausgezogen war. Da musste sie ihnen nicht noch zusätzlichen Zündstoff liefern.

Clayton, den ihre Tirade unvorbereitet traf, stemmte die Hände in die Hüften und zischte zurück: »Was stimmt nicht mit dir? Wenn du mir einen Moment gegeben hättest, statt sofort loszuwettern, hätte ich dir erklären können, dass wir etwas zu spät dran sind, weil Lani krank geworden ist und sich mehrmals übergeben musste. Ich wollte das schlimmste abwarten und ihr die Autofahrt so lange nicht zumuten, bis sich ihr Magen wieder etwas beruhigt hat.«

Katie war komplett in ihrer Wut gefangen, so dass seine anklagenden Worte sie nur weiter anstachelten. »Das ist wieder so typisch von dir! Wahrscheinlich hast du sie den ganzen Tag nur süßes und fettiges Zeug essen lassen, sodass Lani davon zwangsläufig schlecht werden musste. Und sie dann nicht zu ihrer Mutter zurückzubringen, wenn sie mich so dringend braucht, nur für den Fall, dass sie ja dein so schickes neues Auto dreckig machen könnte, sieht dir so ähnlich!«

Katie sah, wie Clayton zum Gegenschlag ansetzte, aber bevor er etwas erwidern konnte, hatte sie bereits die hintere Autotür geöffnet und sich zu Lani hinein gebeugt, um sie aus ihrem Kindersitz zu holen. »Hallo, mein armer Liebling! Was macht dein Bäuchlein?«, wollte sie mitfühlend von ihrer Tochter wissen.

Lani kuschelte sich vertrauensvoll in ihre Arme und legte ihr Köpfchen auf Katies Schulter ab. »Es grummelt ganz schön doll. Aber ich muss mich nicht mehr übergeben. Darf ich ins Bett, Mommy?«

Überrascht von den Worten ihrer Tochter, denn Lani war für gewöhnlich ein richtiger Wirbelwind, den man nur mit süßen Versprechungen, um nicht zu sagen Bestechung, ins Bett bekam, strich Katie Lani über die Stirn und spürte, wie heiß sie war. Das sah nach einem richtigen Infekt aus und nicht nach zu vielen Süßigkeiten. »Natürlich, mein Schatz. Wir sagen nur kurz Granny und Grandad ,Hallo' und dann lege ich dich ins Bett. Du kannst solange auf meinem Arm bleiben, in Ordnung, Süße?«

Lani nickte und ließ sich von Katie ins Haus tragen, nachdem diese auch ihrem Sohn einen Kuss zur Begrüßung auf den Kopf gegeben hatte. Bevor Katie das Haus jedoch betreten konnte, sprach Clayton sie noch einmal an: »Soll ich mit reinkommen und dir bei Lani helfen? Deine Eltern möchten mich vielleicht auch begrüßen?«

Katie, die sich plötzlich unglaublich ausgelaugt und erschöpft von der Auseinandersetzung fühlte und in Gedanken schon bei der kommenden Nacht war, die aufgrund von Lanis Infekt sicherlich kurz und anstrengend werden würde, schüttelte den Kopf und sah ihn mit einem resignierten

33

Blick an. »Nein, du hast für heute bereits genug angerichtet. Fahr bitte einfach.«

Sie sah, wie Clayton kurz den Mund öffnete, um ihn kurz darauf wieder unverrichteter Dinge zu schließen. Es schien, als ob auch er einfach nur noch müde und der Diskussionen und Rechtfertigungen überdrüssig war. Dann wandte er sich an Calvin und strich ihm über das Haar. »Mach es gut, mein Großer. Bis bald.«

Mit diesen Worten stieg er in seinen Wagen ein. Wenig später fuhr er die Auffahrt hoch und war verschwunden.

Mit Lani auf ihrem einen Arm hielt Katie ihrem Sohn die andere Hand entgegen und er fasste danach. Zusammen gingen sie ins Haus und weiter zu ihren Eltern in den Wintergarten. Katie tat alles, um ihren rasant schlagenden Puls wieder unter Kontrolle zu bekommen und sich vor ihren Eltern nichts anmerken zu lassen. Sie wollte sich die Unterhaltung ersparen, falls ihre Eltern bemerken würden, wie aufgewühlt Katie nach dem Zusammentreffen mit Clayton war. Dafür fehlten ihr aktuell einfach die Kraft und Energie. Auch wenn sie nach wie vor kaum glauben konnte, was er sich alles erlaubte und ihr damit antat, hatte sie weiterhin das Gefühl, ihn vor ihren Eltern und vor allem vor den Kindern niemals schlecht dastehen lassen zu dürfen und sich für sein Verhalten rechtfertigen zu müssen. Gerade Calvin mit seinen acht Jahren bekam alles in seiner Umgebung mit. Und ihre Eltern durften einfach nicht schlecht von ihrem Noch-Schwiegersohn denken. Wenn sie das taten, wäre alles Katies Schuld, denn sie war ja schließlich diejenige, die sich in ihn verliebt und vor vielen Jahren mit in die Familie gebracht hatte. Sie konnte förmlich hören, wie sie ihr sagten, dass sie das früher hätte bemerken müssen, bevor sie eine Familie gründeten. Abgesehen davon, dass sie diejenige mit den unzähligen Problemen war, so dass sie ihren Alltag nicht mehr vernünftig bestreiten konnte und damit tatsächlich die Schuld an ihrer aktuellen Misere trug. Clayton hatte schließlich recht, sie war so egoistisch, wie er es immer behauptete, wenn auch aus anderen Gründen als er ihr immer vorwarf.

Katie straffte ihre Schultern und schritt mit einem Lächeln im Gesicht ihren Eltern entgegen.

Zornig und zutiefst entrüstet stand Clayton an einer roten Ampel und wartete ungeduldig darauf, dass sie endlich grün wurde und er weiterfahren konnte. Seine Knöchel traten weiß hervor, so fest hielt er das Lenkrad umklammert. Keine nette Begrüßung, kein »Wie geht es dir?«, kein »Danke, dass du die Kinder für das Wochenende übernommen hast«. Stattdessen wieder einmal nur Vorwürfe und eine Auflistung all seiner angeblichen Verfehlungen. Er dachte wirklich, er wäre dieses ständige Drama endlich los, nachdem er ausgezogen war. Dass er auch ein Recht hatte, seine Kinder zu sehen, konnte ihm niemand übelnehmen und vorwerfen. Noch waren sie schließlich verheiratet und hatten ein gemeinsames Sorgerecht für Calvin und Lani. Ein bisschen Dankbarkeit konnte sie ihm wirklich entgegenbringen, dass er ihr zwei Tage ohne die Kinder ermöglicht hatte. Doch anstatt die freie Zeit für sich zu nutzen, schien sie nur an ihrer Schimpftirade geübt zu haben, die sie ihm entgegenschleudern könnte, sobald er die Kinder wieder bei ihr ablieferte. Diese Frau schien keinen einzigen positiven Gedanken mehr in sich zu haben. Alles war immer schlecht und alle ihrer Meinung nach falschen Handlungen waren mit Absicht gegen sie gerichtet. Und das allerschlimmste an der ganzen Sache war, dass sie ihre Überforderung mit dem Alltag dafür schuldig machte und als Begründung hervorbrachte, wenn er in der Vergangenheit gewagt hatte, sie darauf anzusprechen. Diese ständigen Dramen. Er konnte und wollte das einfach nicht mehr

35

mitmachen. Er musste schnellstmöglich die Scheidung in die Wege leiten, damit er sich von dieser Frau endlich frei machen konnte und sie nicht mehr diese Macht über ihn hatte, ihn ständig in schlechte Laune zu versetzen.

An der nächsten Kreuzung fuhr er rechts ab, um zu seinem Kumpel Brad zu gelangen. Brad war Anwalt, wenn auch nicht spezialisiert auf Familien- und Scheidungsrecht, so konnte er ihm doch zumindest einen Kollegen empfehlen, der sich seiner annahm. Lange würde Katie mit dieser Unschuldsnummer nicht mehr durchkommen.

Sonntagnachmittag schaute Brad immer Football, er würde also garantiert zu Hause sein, um das aktuelle Spiel nicht zu verpassen und auf seinem ultramodernen übergroßen Flachbildfernseher zu sehen. Brad war kein schlechter Mensch, im Gegenteil, er war der eine Kumpel, auf den sich Clayton seit Jahren immer verlassen konnte. Außerdem war er Calvins Patenonkel, sehr zum Verdruss von Katie, die Brad nie richtig leiden konnte. Clayton zuliebe hatte sie ihn jedoch akzeptiert. Brad schien allerdings einige Dinge in seinem Leben kompensieren zu müssen, nahm man sowohl die vielen überteuerten elektronischen Geräte in seinem Loft als auch die zahlreichen Frauengeschichten, die er jedes Wochenende hatte, als Maßstab. Er schien jede Woche eine Neue an seiner Seite zu haben und konnte sich nie länger auf eine bestimmte Frau einlassen. Dabei schienen sie alle einem bestimmten Typ zu folgen. Sie mussten groß, spindeldürr und blond sein, sonst hatten sie von Anfang an keine Chance, bei ihm zu landen. Soweit man von Chance bei diesem Punkt reden konnte. Aber Brad mit seiner großen, gut gebauten Statur, den strahlend blauen Augen und den ständig perfekt gestylten braunen Haaren konnte sich auch nicht über zu wenig Aufmerksamkeit bei den Frauen beschweren.

36

Seit Clayton zu Hause ausgezogen und nicht mehr in den Fängen einer unzufriedenstellenden Ehe gefangen war, hatte Brad schon öfter versucht, ihn zu einer gemeinsamen Clubnacht zu überreden. Vielleicht war er einfach zu alt dafür mit seinen 38 Jahren, wobei Brad nur zwei Jahre jünger war, vielleicht lag es aber auch daran, dass er schon vor vielen Jahren sesshaft geworden war und eine Familie gegründet hatte. Diese Clubbesuche zusammen mit Brad konnten ihn einfach nicht reizen. Abgesehen davon hatte er nach dem ganzen Theater mit Katie erstmal die Nase gestrichen voll von Frauen im Allgemeinen. Dieses Drama in Form einer festen Beziehung würde er sich so schnell nicht noch einmal antun. Und seine Ex hatte es tatsächlich geschafft, dass er von der vielen Wut auf sie latent erschöpft und müde war, sodass er noch nicht einmal mehr regelmäßig Lust auf Sex hatte, nachdem sie wieder einmal aneinandergeraten waren. Manchmal fragte er sich, ob sie ihn mit ihrem fragwürdigen Verhalten in eine Depression gestürzt hatte, wenn ihm sogar die Lust auf ein nächtliches Abenteuer mit einer heißen Frau vergangen war. Zum Glück verstanden sich Anastacia und er in dieser Hinsicht und sie stellte keine Ansprüche an ihn, wenn er für einen Abend mit unverbindlichem Sex mal nicht zur Verfügung stand. Andererseits war es gut zu wissen, dass dort jemand war, die auf ihn wartete, sollte es ihn doch überkommen. Und dass Anastacia an ihm interessiert war und immer Zeit für ihn hatte, zeigte ja, dass es nicht an ihm lag, wenn es in seiner Ehe keine Leidenschaft und Anziehung mehr gab.

Bei Brad angekommen, parkte Clayton seinen Wagen und stieg aus. Der Portier begrüßte ihn beim Betreten des Eingangsbereichs, der zu diesem luxuriösen Wohnkomplex gehörte, mit Namen. Brad verdiente als Anwalt nicht schlecht und das musste er der Welt auch mit allen ihm möglichen Dingen zeigen.

Im obersten Stockwerk angekommen, öffnete sich die Tür zu Brads Penthouse. Der Portier schien Clayton bereits angekündigt zu haben. »Kumpel, was ist dir denn für eine Laus über die Leber gelaufen an diesem sonnigen Sonntagnachmittag? Du siehst aus, als könntest du einen Drink gebrauchen.«

Brad schlug ihm zur Begrüßung mit einer Hand auf den Rücken und machte hinter ihm die Tür zu, nachdem Clayton eingetreten war. »Mach zwei daraus, Alter. Du hast ja keine Ahnung…«

Brad ging an ihm vorbei in den Wohnbereich und direkt weiter zur Anrichte, auf der einige Hochprozentige aufgereiht waren. »Mach es dir gemütlich. Was willst du haben?«

»Scotch. Einen Doppelten, ohne Eis.« Clayton ließ sich erschöpft auf der ausladenden Wohnlandschaft nieder, die den Großteil von Brads Wohnzimmer einnahm, und legte seinen Kopf mit geschlossenen Augen auf der Rückenlehne ab. Dankbar nahm er das Glas mit dem Scotch von Brad an, während dieser sich neben ihm niederließ.

»Jetzt erzähl mal, Kumpel. Was hat Katie dieses Mal gebracht?«

Clayton schnaufte und lachte humorlos. Er berichtete von der Szene vor ihrem Haus, die sich vor gerade einmal zwanzig Minuten zugetragen hatte. Clayton kam es vor wie eine Ewigkeit. »Ich kann nicht mehr, Alter. Ich dachte, es würde endlich aufhören und besser werden, wenn ich ausgezogen bin. Offensichtlich habe ich es ja nicht fertiggebracht, sie glücklich zu machen. Ständig hat sie genörgelt, hatte an allem etwas auszusetzen. Und ich Vollidiot habe wie ein Blöder geschuftet, damit sie nicht arbeiten muss und Zeit mit den Kindern verbringen kann. Und wenn ich dann total erschöpft von der Arbeit nach Hause kam, hat sie sich über alles in einer Tour beschwert. Nichts war ihr gut genug und ich war natürlich an allem schuld. Ständig hat sie genörgelt, wie schlecht es doch alle mit ihr meinen. Ich muss raus aus dieser Ehe, Brad, sonst werde ich noch depressiv.«

Brad legte ihm eine Hand auf die Schulter, bevor er nach Claytons leerem Glas griff und es erneut auffüllte. »Ich höre dich. Das kann ja wirklich kein normaler Mensch mitmachen. Mein Kollege Pete ist auf Scheidungsrecht spezialisiert. Ich gebe ihm morgen deine Karte, dann meldet er sich bei dir und ihr könnt einen Schlachtplan entwickeln, wie du die ganze Scheiße endlich hinter dir lassen kannst.«

»Danke, Kumpel!« Clayton nahm erneut einen Schluck von seinem Scotch und fühlte sich um etliche Kilos leichter, nachdem er den nächsten Schritt endlich in die Wege geleitet hatte. Lange würde dieses Drama nicht mehr andauern, dann wäre er endlich ein freier Mann.

# VIER

Am Mittwoch saß Clayton an seinem Schreibtisch, als ihm sein Kalender mitteilte, dass in einer halben Stunde die Schulaufführung von Calvin starten würde. Er ließ alles stehen und liegen und griff nach seinem Jackett, denn Calvins Auftritt durfte er auf keinen Fall verpassen. Das hatte er seinem Sohn am Wochenende versprochen.

Seine hoffentlich bald zukünftige Exfrau würde zwar auch da sein, aber nach dem gestrigen Gespräch mit dem Anwalt, den Brad ihm vermittelt hatte, fühlte Clayton sich inzwischen ein bisschen zuversichtlicher als noch vor ein paar Tagen. Zwar war da unterschwellig immer noch diese ständige Wut auf Katie zu spüren, aber er hatte einen wichtigen Schritt in die richtige Richtung unternommen, was ihm das Gefühl gab, dass es ab jetzt nur noch besser werden würde.

Pete hatte ihm verschiedene Optionen aufgezeigt, die Clayton bei der Scheidung einfordern konnte, von alleinigem Sorgerecht für beide Kinder bis hin zur kompletten Aufgabe des Sorgerechts, dafür aber mit Besuchsrecht zum Beispiel an den Wochenenden. Clayton rauchte der Kopf nach ihrem Telefongespräch am Montag, denn hierbei handelte es sich alles andere als um ein einfaches Thema, das schnell bereinigt werden konnte. Er musste sich gründlich Gedanken machen, was er eigentlich wollte und wie er sich seine Zukunft und vor allem die seiner Kinder vorstellte. Am besten sollte er sich Zeit für diese Überlegungen nehmen, abends auf seiner Couch, wenn er die Arbeit hoffentlich ausblenden konnte und endlich mal Ruhe hatte nach dem Stress im Büro.

Partner zu werden in dem großen Unternehmen war immer sein Traum gewesen, seitdem er direkt nach dem Studium in der Firma eingestiegen war, und er hatte hart dafür geschuftet. Seit der Wunsch vor einem Jahr endlich in Erfüllung gegangen war und ihm dieses überdimensionale Eckbüro mit Blick auf die Stadt beschert hatte, hatte sich sein Arbeitspensum allerdings stetig weiter vergrößert. Mit den neuen Aufgaben war dank der Ernennung zum Partner auch immer mehr Verantwortung gekommen und Clayton spürte den Druck und die Belastung täglich. Abends in ein Zuhause zurückzukehren, in dem die schlechte Stimmung seiner Frau quasi zum Greifen war, hatte ihn vollends erschlagen. Er war oft zermürbt gewesen, hatte sich doch einfach nur einen ruhigen Feierabend vor dem Fernseher machen wollen, vorher seinen Kindern noch eine Gute-Nacht-Geschichte vorlesen wollen und sich von ihrem Tag im Kindergarten und in der Schule berichten lassen.

Aber auch das hatte Katie ihm kaputt gemacht. Sein Groll auf sie stieg wieder einmal ins Unermessliche und er musste sich zusammenreißen, um nicht wütend mit der Faust auf seinen Schreibtisch zu hauen. Er atmete tief durch, griff nach seinem Handy und den Autoschlüsseln und rief seiner Sekretärin beim Verlassen des Büros zu, dass er für die

41

nächsten zwei Stunden nicht erreichbar sein, abends aber noch von zu Hause aus arbeiten würde.

Bei der Grundschule angekommen, parkte er seinen Wagen und begab sich in Richtung Aula. Calvin hatte ihm am vergangenen Wochenende aufgeregt von seinem Part in der Schulaufführung berichtet und Clayton musste ihm versprechen, sie auf keinen Fall zu verpassen. Er ließ seinen Blick über die anwesenden Menschen schweifen, die überwiegend aus stolzen Eltern, Großeltern und Geschwistern bestanden. In der Mitte des mit Stuhlreihen ausgestatteten Saales erblickte er die Köpfe von Katie und Lani. Neben ihnen war noch ein Stuhl frei, den seine Tochter freigehalten haben musste für ihn. Schweren Herzens machte er sich auf den Weg zu ihrer Sitzreihe. Seine Tochter wollte er einfach nicht enttäuschen, auch wenn in Katies Nähe sein Puls ungesunde Ausmaße anzunehmen drohte. Wenigstens würde ihre Tochter als Puffer fungieren und zwischen ihnen sitzen.

Lani blickte freudestrahlend auf, als er sich zu ihren Plätzen durchgekämpft hatte. Er wuschelte seiner Tochter durch ihr Haar und drückte ihr einen Kuss auf die Stirn. Aus dem Augenwinkel sah er, dass Katie zu ihm herübersah und er begrüßte sie mit einem kurzen Kopfnicken. Zu mehr war er, was sie betraf, zurzeit einfach nicht in der Lage.

Er nahm seinen Platz auf dem freien Stuhl neben seiner Tochter ein und Lani wandte sich ihm aufgeregt zu. »Daddy, kommst du auch zu meiner Aufführung? Ich möchte unbedingt die Prinzessin spielen, die vom tapferen Ritter gerettet wird!« Mit strahlenden Augen blickte sie zu ihm auf.

»Selbstverständlich, Prinzessin. Das lasse ich mir doch nicht entgehen.« Er hörte ein Schnaufen aus Katies Richtung, maß dem aber um des lieben Friedens willen keine Aufmerksamkeit bei und versuchte es zu ignorieren. Wenn sie etwas loszuwerden hatte, sollte sie es sagen. Er würde heute

42

aber auf ihre Spielchen der Kinder zu liebe nicht weiter eingehen und sich auf ihr Niveau hinab begeben.

»Toll, Daddy! Das wird ganz super, da bin ich mir sicher!« Bei so viel kindlichem Enthusiasmus konnte er seine Tochter nur anlächeln. Sie strahlte zurück und Lani kuschelte sich vertrauensvoll an seine Seite. »So schön, dass du da bist, Daddy. Ich habe dich vermisst!«

»Ich dich auch, mein Engel. Geht es dir inzwischen wieder etwas besser oder tut dein Bäuchlein noch weh?« Erneut ertönte aus Katies Richtung ein Schnaufen und er versuchte wieder, es zu ignorieren. Was wollte sie denn von ihm? War es ihr nun nicht einmal mehr recht, dass er sich mit seiner Tochter unterhielt und von ihr wissen wollte, wie es ihr ging? Sie war auch seine Tochter und selbstverständlich interessierte es ihn als ihren Vater, ob sie die Magenverstimmung glimpflich überstanden hatte. Er spürte, wie er zunehmend in Rage geriet. Katie hatte noch nicht einmal den Mund aufgemacht und trotzdem schaffte sie es, ihn als den allerletzten Vollidioten dastehen zu lassen. Glücklicherweise lenkte Lani ihn von seinen Gedanken ab.

»Es tut überhaupt nicht mehr weh, Daddy. Ich war auch wieder im Kindergarten. Nur Grannys Apfelkuchen konnte ich leider nicht essen. Aber sie hat mir versprochen, dass ich beim nächsten Mal ein ganz besonders großes Stück abbekomme.«

»Das freut mich, mein Schatz!«

»Bist du auch so aufgeregt wie ich, Calvin gleich auf der Bühne zu sehen? Hoffentlich vermasselt er es nicht.« Nervös auf ihrer Unterlippe knabbernd, sah Lani von der Bühne zu ihm hoch.

»Ich bin mir sicher, dein Bruder wird das ganz fantastisch machen. Er hat doch extra so viel dafür geübt.«

43

Als er innerhalb weniger Minuten ein drittes Schnauben von Katie vernahm, war es mit seiner Geduld am Ende. »Hast du etwas dazu zu sagen, Katie? Oder hast du seit neuestem Atemprobleme, sobald ich meinen Mund aufmache?«

Katie riss ihren Kopf ruckartig zu ihm herum und sah in empört an.

»Na los, spuck es schon aus. Ich sehe doch, wie es dir förmlich auf der Zunge brennt, so sehr pochst du darauf, mir irgendetwas gemeines entgegenzuschleudern.«

»Als ob du wüsstest, wie viel Calvin für seinen Auftritt geübt hat. Und hör auf, mich hier vor all den Leuten mit deinen ewigen Vorwürfen zu belegen,« zischte sie ihm wutentbrannt mit zusammengekniffenen Augen zu, bevor sie ihren Blick wieder nach vorne richtete.

»Stell dir vor, ich habe mit Calvin am Wochenende seinen Part geübt. Er hat mich selbst gefragt, ob wir den Text gemeinsam durchsprechen können.«

»Wie nobel von dir«, brachte sie zwischen zusammengekniffenen Zähnen hervor. Es fehlte nicht viel, dass er den Qualm aus ihren Ohren hochsteigen sehen konnte, so wütend sah sie ihn an.

»Mommy, Daddy, müsst ihr so streiten?«, vernahm Clayton plötzlich Lanis Stimme, die sehr weinerlich klang. Es wunderte ihn nicht. Das kleine Mädchen musste entsetzlich unter der Trennung von ihm und Katie leiden. Sie war schon immer sehr harmoniebedürftig gewesen. Wie ihre Mutter, vernahm er eine kleine Stimme aus seinem tiefsten Inneren. Dem Gedanken nicht weiter Beachtung schenkend, wandte er sich an Lani.

»Es tut mir leid, mein Engel. Wir hören jetzt auf zu streiten, versprochen. Sieh mal, der Vorhang geht auch schon auf. Gleich können wir deinen Bruder sehen.« Liebevoll strich er seiner Tochter über ihre Haare, um sie weiter zu beruhigen

44

und wandte sich dann der Bühne zu. Er spürte den vorwurfsvollen Blick, den Katie ihm zuwarf, noch einen Moment, versuchte aber, ihm keine weitere Aufmerksamkeit zukommen zu lassen und konzentrierte sich auf die Geschehnisse auf der Bühne. Hier und jetzt war weder der richtige Zeitpunkt noch der richtige Ort, um seine Differenzen mit Katie zu klären. Sollte das überhaupt jemals möglich sein, dachte er noch mit einem Anflug von Zynismus, bevor er seinen Sohn auf die Bühne treten sah.

Katie pochte das Herz bis zum Hals. Sie konnte nicht fassen, was Clayton sich wieder einmal erlaubte. Es war an Dreistigkeit kaum zu überbieten, wie herablassend er jedes Mal mit ihr sprach, wenn sie sich über den Weg liefen. Eigentlich sollte sie froh sein, dass er ausgezogen war. So musste sie seine selbstgefälligen Tiraden wenigstens nicht jeden Tag ertragen und sich von seinen Worten erniedrigen lassen.

Es war immer das Gleiche gewesen, als Clayton noch zu Hause gewohnt hatte, ein Teufelskreis. Sie hatte sich den ganzen Tag um die Kinder und den Haushalt gekümmert und alles Mögliche erledigt, was es zu erledigen galt. Wenn Clayton abends nach Hause kam, hatte er über alles Mögliche gemeckert und sie angeschnauzt, dass sie ihn mit ihrer permanent schlechten Laune nicht anstecken sollte. Sie war aber nicht schlecht gelaunt, sie war lediglich gestresst von ihrem Tag und wollte allem und jedem gerecht werden, allen voran Clayton selbst. Wenn sie ihn darauf hingewiesen hatte, bekam sie von ihm zu hören, dass er noch nie einen so negativ eingestellten Menschen kennengelernt hatte und sie ihn mit ihrer Laune krankmachte. Sie sollte sich nicht so anstellen, sie hätte ja schließlich ein sorgenfreies Leben, wofür er extra hart arbeiten würde, um ihr all das zu ermöglichen.

45

Es war ein elendiger Kreislauf und die gegenseitigen Missverständnisse und Vorwürfe schienen sich über die Zeit nur aufzubauschen und immer verletzender zu werden. Keiner war dem anderen in irgendeiner Art und Weise entgegengekommen, geschweige denn hatte versucht, den Standpunkt des anderen anzuhören und versucht, sich in seine Lage hineinzuversetzen. Da war es doch kein Wunder, dass ihr irgendwann die Energie für alles fehlte, wenn sie immer nur für diese kräfteraubenden Auseinandersetzungen draufging. Ständig hatte sie das Gefühl, den Verpflichtungen im Alltag nicht mehr gerecht werden zu können und Clayton permanent zu enttäuschen. Er hatte es sogar geschafft, ihr erfolgreich zu vermitteln, dass sie die alleinige Schuld an ihren täglichen Streitereien trug. Katie glaubte ihm und Clayton hatte ihr ein Ultimatum gesetzt. Entweder sie änderte sich schlagartig oder er würde sie verlassen, denn so konnte er nicht weitermachen.

Natürlich blieb die erhoffte Wunderheilung aus. Katie wusste ja nicht einmal, wo sie dabei überhaupt ansetzen musste, um sich zu ändern. Dieses Ultimatum erreichte nur, dass sie sich noch mehr unter Druck setzte und sich dabei permanent wie eine Versagerin fühlte. Clayton schien davon überzeugt zu sein, dass es Katies alleinige Schuld sei und warf ihr weiterhin vor, es sich mit allem sehr einfach zu machen und keine Verantwortung für ihr gemeines Verhalten ihm gegenüber übernehmen zu wollen.

All das ging ihr durch den Kopf, während sie Calvin dabei beobachtete, wie er seine Rolle mit Bravour auf der Bühne der Grundschule spielte. Sie schob die negativen Gedanken beiseite, sah lächelnd zu ihm hoch und stand mit den anderen Eltern und weiteren Zuschauern gemeinsam auf, während sie die kleinen eifrigen Schauspieler für ihre erfolgreiche Aufführung beklatschen. Die Grundschüler standen in einer Reihe nebeneinander auf der Bühne und hielten sich an den

Händen, während sie sich wieder und wieder vor ihrem Publikum verbeugten und dabei über ihre Gesichter strahlten.

Das Publikum löste sich langsam auf und Lani zupfte an ihrer Jacke. »Mommy, darf ich hinter die Bühne gehen und Calvin holen?«

»Nicht allein, mein Schatz. Moment, ich komme gleich mit, ich muss nur unsere Sachen zusammenräumen.«

»Aber Daddy kann doch mitkommen, Mommy«, erwiderte Lani.

Fragend schaute Katie hoch und sah Clayton mit den Schultern zucken. »Natürlich gehe ich mit dir nach hinten und hole deinen Bruder«, antwortete er an Lani gewandt ohne Katie weiter zu beachten.

»In Ordnung. Ich warte dann am Auto auf euch«, sagte Katie.

»Können wir mit zu Daddy fahren? Dann musst du nicht warten, Mommy.« Lani schien sich von ihrem Vater nicht so schnell trennen zu wollen.

Katie verspürte einen Kloß im Hals, weil sie wieder einmal zu spüren bekam, wie sehr Lani unter der aktuellen Situation litt. »Lani Schatz, morgen müsst ihr in den Kindergarten und zur Schule, da schlaft ihr immer zuhause, das weißt du doch«, versuchte sie ihre Tochter sanft zu überzeugen, dass sie nicht mit ihrem Vater fahren konnten.

Lani schob ihre Unterlippe nach vorne und in ihren Augen begann es gefährlich zu glänzen. Gleich würde sie in eine Weintirade verfallen, die sich gewaschen hatte. Katie kannte die Vorzeichen nur allzu gut. Sie wollte sich gerade zu Lani hinunterbeugen, um das Schlimmste zu verhindern, da nahm Clayton sie auf den Arm und redete beruhigend auf sie ein: »Engelchen, wir gehen jetzt hinter die Bühne und holen deinen Bruder. Und wenn es für deine Mom in Ordnung ist, fahren wir anschließend zu Antonio's und gönnen uns zur Feier des

47

Tages eine große Pizza. Anschließend bringt Daddy euch nach Hause zu Mommy. Was hältst du davon, Süße?«

Auffordernd blickte er Lani an. Katie konnte sehen, wie ihre Tochter über den Vorschlag von Clayton nachdachte. Zumindest das Schlimmste war abgewendet. Claytons Idee, mit den Kindern eine Pizza essen zu gehen, stieg ihr allerdings trotzdem übel auf, auch wenn er ihre Tochter erfolgreich abgelenkt hatte, dass sie nicht bei ihm übernachten konnte. Katie hatte tagsüber bereits das Abendessen für heute vorbereitet. Sie hatte sich besonders viel Mühe gegeben und Calvins Lieblingsessen gemacht. Die Lasagne musste nur noch aufgewärmt werden. Clayton hatte das Abendessen zuhause mit seinem Vorschlag allerdings vermiest. Sie würde Lani nun niemals im Leben noch umstimmen können. Mit einem vorwurfsvollen Blick in Claytons Richtung stimmte sie seiner Idee schweren Herzens zu. »In Ordnung, Calvin und du dürft mit eurem Dad noch eine Pizza essen gehen. Danach bringt er euch aber direkt nach Hause.«

Lani schaute ihre Mommy dankbar an. Freudestrahlend schlängelte sie sich von Claytons Arm, bevor sie sich an Katies Bein klammerte und sich von ihr verabschiedete. Anschließend griff sie nach der Hand ihres Vaters und zog ihn in den Flur, der zu dem Bereich hinter der Bühne führte, um ihren Bruder zu holen.

Katie atmete tief durch und machte sich auf den Weg zu ihrem Auto. Dann würde sie die Lasagne heute notgedrungen allein essen und die Reste für ein anderes Mal einfrieren. Das Gefühl, das ihr diese Situation und Claytons Verhalten bescherte, versuchte sie zu unterdrücken. Aktuell hatte sie keine Kapazität, es genauer zu untersuchen und analysieren.

Völlig erschlagen von der emotionalen Achterbahnfahrt, die eine Begegnung mit ihrem Mann in letzter Zeit immer mit sich brachte, fuhr Katie nach Hause.

# FÜNF

Am Dienstag in der darauffolgenden Woche saß Katie zu ihrem wöchentlichen Termin wieder bei Eleanor Shaw im Büro auf der Couch. Das Wochenende hatten sie ganz entspannt verbracht und den Großteil des Samstags im Park mit einem Picknick und spielen genossen. Sonntag hatten sie es sich zu Hause gemütlich gemacht. Die Kinder hatten das schöne Wetter ausgenutzt und viel draußen im Garten und ihrem kleinen Pool gespielt.

Auch wenn Katie die Zeit mit ihren Kindern sehr genoss, so fühlte sie sich die meiste Zeit über irgendwie unvollständig. Sie war körperlich anwesend und schenkte ihren Kindern ihre Aufmerksamkeit. Zwischendurch war sie aber mental immer wieder meilenweit weg und verlor sich in ihren Gedanken. Als ob sie nur eine Rolle spielen und ein wichtiger Teil von ihr permanent fehlen würde. Im übertragenen Sinne traf das auch zu, denn Clayton war seit seinem Auszug – wenn sie ehrlich war, auch schon eine Zeit lang davor – nicht mehr Teil ihrer gemeinsamen Unternehmungen als Familie gewesen. Dieses

Gefühl, dass etwas Entscheidendes fehlen würde, rief bei ihr eine sehr starke Traurigkeit hervor. Das Ergebnis war, dass sie die Zeit mit ihren Kindern, auch wenn sie etwas Schönes unternahmen, nie richtig auskosten und genießen konnte. Sie war nicht bei der Sache und spürte eine innere Unruhe.

Eleanor blickte sie aufmerksam an, als Katie gerade von ihrem Zusammentreffen mit Clayton bei der Schulaufführung ihres Sohnes berichtete. »Ich habe mich so von ihm bloßgestellt gefühlt. Was hat er sich dabei gedacht, mir vor all diesen Menschen und vor allem vor unserer Tochter so eine Szene zu machen?«, empörte sie sich. Sofort schoss ihr Puls in die Höhe, als sie an die Situation in der vergangenen Woche zurückdachte.

»Katie, darf ich Ihnen dazu eine Frage stellen?«, wollte Eleanor von ihr wissen, nachdem sie einen Moment ruhig geblieben war, um ihr einen Augenblick zum Sammeln ihrer Gedanken zu geben, als Katie mit ihrem Bericht abgeschlossen hatte.

Katie spürte, wie ihr Herz vor unterdrückter Wut rasend pochte. »Natürlich«, antwortete sie ihr.

»Haben Sie einmal darüber nachgedacht, wie Ihr Mann diese Situationen wahrnimmt? Warum er sich so verhält, wie er es tut?«

»Sie meinen, dass er mich mit seiner selbstgefälligen Art so dermaßen provoziert und bloßstellt?«

Eleanor neigte ihren Kopf leicht zur Seite und antwortete ihr: »Wenn Sie es so wahrnehmen, ja.«

Katie zuckte mit den Schultern und überlegte. »Nein, ehrlich gesagt nicht. Ich habe in diesen Momenten so sehr mit mir selbst zu tun, weil ich über sein Verhalten einfach nur empört und so verletzt bin.«

»Ohne, dass ich Ihren Mann persönlich kenne – meinen Sie nicht, dass er vielleicht auch an der ganzen Situation zu

50

knabbern hat und leidet? Dass es ihm nicht besonders leichtfällt, die Trennung von Ihnen und Ihren Kindern zu verarbeiten? Dass sein Verhalten sein Ventil ist, um seinen Emotionen Ausdruck zu verleihen, weil er nicht weiß, wie er anders, konstruktiver mit der Situation umgehen kann? Dass sein Ihnen gegenüber verletzendes Verhalten ein Ausdruck seiner eigenen Überforderung und Verletzungen ist?«

Katie öffnete den Mund, um Eleanor zu antworten, schloss ihn direkt aber wieder, denn ihr wollte nichts Passendes einfallen. Tatsächlich hatte sie nie über Claytons Perspektive in der ganzen Sache nachgedacht. Ihr war nicht in den Sinn gekommen, dass es auch für ihn nicht einfach war. Andererseits war er es schließlich gewesen, der sie und die Kinder verlassen hatte, nicht umgekehrt. Sie wusste nur, dass er sie immer als die Böse darstellte und ihr die ganze Schuld zuschob. Das sagte sie auch Eleanor. »Nein, habe ich nicht.«

Die ältere Frau sprach unbeirrt in ihrer ruhigen und einfühlsamen Art weiter. »Vielleicht sollten Sie das einmal machen. Ich kann mir nicht vorstellen, dass Ihr Mann sich tatsächlich über das Ausmaß seines Verhaltens Ihnen gegenüber bewusst ist. Sie haben sich schließlich einmal ineinander verliebt. Sie haben sich ein gemeinsames Leben aufgebaut und sich gemeinsam dazu entschieden, Kinder zu bekommen. Meinen Sie nicht, dass hätten Sie auch getan, wenn Sie nicht vollständig davon überzeugt gewesen wären, dass Clayton im Herzen ein gütiger und liebevoller Mensch ist?«

Katie schluckte und ließ sich nach hinten in die Couch sinken. Die Worte von Eleanor hatten ihr mit einem Schlag die Wut genommen und sie fühlte sich wie ein Ballon, aus dem die Luft entwich und der dadurch allmählich in sich zusammenfiel. Sie wusste nicht, was sie von dem Gesagten halten sollte, aber sie spürte, dass etwas Wahres daran war.

51

»Ich möchte, dass Sie sich meine Worte zu Herzen nehmen und einmal in Ruhe darüber nachdenken, wie Claytons Sichtweise in dem Ganzen aussehen könnte. Ich verlange nicht, dass Sie sich mit ihrem Mann treffen und darüber reden, ich möchte einfach nur, dass Sie selbst einmal eine neue Perspektive einnehmen. Dass Sie die Rolle eines neutralen Beobachters einnehmen. Sie können sich dabei auch vorstellen, wie Sie auf eine Szene zwischen sich und Ihrem Mann als dritte Person schauen.

Und wenn Sie gerade dabei sind, denken Sie bitte auch einmal darüber nach, was diese Emotionen, die Sie in Bezug auf Ihren Mann verspüren, mit Ihnen machen. Helfen Sie Ihnen? Fühlen Sie sich damit besser? Kraftvoller? Handlungsfähig? Denken Sie auch darüber bitte nach bis zu unserem nächsten Termin.« Mit diesen Worten erhob sich Eleanor Shaw und blickte Katie aufmunternd an. Katie tat es ihr gleich und verabschiedete sich von ihr. In ihrem Kopf herrschte nach dieser Sitzung ein absolutes Chaos und sie musste sich jetzt erst einmal sammeln, bevor sie weitermachen und in ihren Alltag zurückkehren konnte. Die Therapeutin hatte Dinge angesprochen, die konnte sie sich nicht zwischen Tür und Angel reflektieren.

Als sie aus dem Gebäude auf die Straße trat, überlegte sie nicht lange und steuerte den Coffeeshop auf der gegenüberliegenden Seite an. Autofahren kam jetzt nicht in Frage, dafür war sie viel zu durcheinander. Außerdem benötigte sie dringend einen Kaffee mit viel Karamellsirup, um ihre Energiereserven nach dieser aufwühlenden letzten Stunde wieder aufzufüllen.

Nachdem sie ihre Bestellung aufgegeben hatte, suchte sie sich einen freien Tisch in einer ruhigen Ecke des Coffeeshops und nahm auf dem bequemen Sessel Platz. Das Geschäft war nicht allzu groß. Die Einrichtung war in dunklen Holztönen

52

gehalten und wirkte dadurch urig und einladend. Der Coffeeshop war an diesem späten Vormittag nicht sehr stark besucht, da die meisten Menschen um diese Uhrzeit bei der Arbeit waren. Das war Katie nur recht, denn sie brauchte jetzt erst einmal etwas Ruhe, um ausführlich über die Worte von Eleanor nachdenken zu können.

Sah sie Clayton wirklich im falschen Licht? Er verletzte sie regelmäßig so sehr und schien sie geradezu zu provozieren. Sie konnte die bösen Absichten, die sie ihm unterstellte, noch nicht beiseiteschieben. Für ihre eigene Weiterentwicklung und Wandlung war sie aber gewillt, auf die Worte ihrer Mentorin zu hören. Sie hatte in den wenigen Stunden, die sie bisher bei ihr verbracht hatte, immer ein positives Gefühl gehabt. Eleanor Shaw wirkte auf sie mehr als kompetent, nicht nur aufgrund ihrer langjährigen Erfahrung, sondern auch durch ihre einfühlsame und ruhige Art, sodass Katie sich von Anfang an bei ihr gut aufgehoben gefühlt hatte. Und auch wenn sie noch einen gewissen Widerstand in sich spürte, so traten die Worte von Eleanor tief in ihrem Innersten immer in Resonanz. Sie hatte instinktiv das Gefühl, dass das, was die ältere Frau zu Katie in ihren gemeinsamen Sitzungen sagte, wahr und richtig war.

Ihre Bestellung wurde aufgerufen und Katie erhob sich, um sie am Tresen abzuholen. Nachdem sie sich wieder an ihren Tisch gesetzt hatte, biss sie in den Muffin, den sie zu ihrem Karamell-Macchiato dazu bestellt hatte und ließ sich erschöpft gegen die Sessellehne zurücksinken.

Katie wusste, dass die Opferrolle, in die sie sich selbst versetzte, auf ihrem Weg nicht weiterhalf, wenn es darum ging, sich selbst ein glücklicheres und zufriedenstellendes Leben aufzubauen. Das hatte sie bereits in einem ihrer vielen Selbsthilfebücher über Persönlichkeitsentwicklung gelesen, auch wenn Eleanor diesen Punkt selbst noch nicht direkt angesprochen hatte. Vermutlich wusste die erfahrene Mentorin, dass Katie innerlich noch nicht so weit war. Sie hatte bestimmt bemerkt, wie Katie allein bei der Vorstellung, sich in eine neutrale Position hineinzuversetzen, um Claytons Perspektive wahrnehmen zu können, in Widerstand gegangen war. Nur weil sie theoretisch eine Sachlage kannte und darüber gelesen hatte, hieß das noch lange nicht, dass sie das auch so annehmen und akzeptieren konnte und sofort in die Umsetzung gehen könnte.

Sie gab Clayton an allem die Schuld. Er hatte sich in seinen Beruf gestürzt, während sie zu Hause bei den Kindern blieb. Er hatte sich von ihr getrennt, obwohl sie diejenige war, die überfordert war und Hilfe und Unterstützung in ihrem Alltag brauchte. Die er ihr zunächst auch zugesichert hatte. Am Ende hatte er aber sein Versprechen doch gebrochen und sich aus dem Staub gemacht. Seitdem stand sie völlig allein und verlassen da und fühlte sich nur noch überforderter und vollkommen hilflos. Er war derjenige, der ihr bei jedem Aufeinandertreffen unhöflich begegnete und jede Gelegenheit nutze, um sich über sie zu beschweren und ihr ihr Fehlverhalten vorzuhalten.

Was taten diese Gedanken mit ihr? Katie erinnerte sich an diese Frage von Eleanor und überlegte. Ganz sicher taten sie ihr nicht gut, denn sie spürte direkt, wie ihr Puls anstieg und ihr die Gedanken daran schwer im Magen lagen. Dazu kam ein Druck auf der Brust, den sie am liebsten weggewischt hätte, was aber natürlich nicht funktionierte.

Sich an eine Meditationspraxis erinnernd, holte Katie tief Luft, konzentrierte sich auf ihren Atem und versuchte sich zu entspannen, während sie weiter nachdachte. Die selbst auferlegte Opferrolle bedeutete, sie gab die Verantwortung für sich selbst, für ihre Taten und ihr Wohlbefinden aus der Hand, hatte sie gelesen. Damit spielte sie Clayton die Aufgabe zu,

54

dass er für ihr Befinden, dafür dass es ihr gut ging, verantwortlich war.

Ihr Kopf rauchte von diesen vielen kreuz und quer umherschwirrenden Gedanken und sie beschloss, sich jetzt erst einmal mit etwas anderem abzulenken. Sie fühlte sich etwas leichter als noch beim Betreten des Coffeeshops, so als ob sich etwas, eine Kleinigkeit in ihrem Inneren, gelöst hatte und sie nahm sich vor, dieses Gefühl für den Rest des Tages mit sich zunehmen und es auszukosten.

Abends, wenn die Kinder in ihren Betten lagen, nahm sie sich vor, als sie das Gebäude verließ und auf die Straße in den Sonnenschein trat, würde sie weiter über die Worte von Eleanor und was sie in ihr auslösten, nachdenken.

Als Katie nachmittags erst ihre Tochter aus dem Kindergarten und anschließend ihren Sohn von der Schule abholte, beschloss sie, spontan mit ihnen an den Strand zu fahren. Die frische Luft und das Herumtollen im Wasser und im Sand würden ihnen allen drei hoffentlich guttun und sie für ein paar Stunden all den Trubel und Kummer aus ihrem Alltag vergessen lassen. Nach einem kurzen Zwischenstopp zuhause, in dem sie sich mit Schwimmsachen, Sonnencreme, Proviant, Getränken und ausreichend Strandspielzeug für eine ganze Kindergartengruppe ausstatteten, ging es direkt weiter. Die Augen ihrer Kinder erstrahlten, als sie den Strand erblickten, nachdem sie die Dünen erklommen hatten und Katie wusste, dass ihr spontaner Ausflug die richtige Idee gewesen war. Sie würden hier einen schönen Nachmittag zu dritt verbringen. Calvin würde im flachen Wasser toben und Lani eine Sandburg nach der anderen bauen, während Katie es sich im Schatten unter ihrem Sonnenschirm gemütlich machen konnte und ihren Kindern dabei zuschauen und einfach nur den Moment genießen konnte. Zum Abschluss ihres Strandausflugs würde sie die Kinder mit Fish und Chips zum

Abendessen überraschen, was ein garantierter Erfolg bei den beiden sein würde. Zufrieden lächelte Katie vor sich hin.

# SECHS

Am Abend saß Katie mit einem Glas Wein auf der Couch in ihrem Wohnzimmer und blickte gedankenlos ins Leere. Ihr Leben war ein einziges emotionales Auf und Ab geworden und anstatt, dass es allmählich besser wurde, schwanden ihr nach und nach die wenigen Kräfte, die ihr noch geblieben waren. So konnte es einfach nicht weitergehen. Auch wenn sie eine einsichtsreiche Sitzung bei Eleanor Shaw und einen tollen Nachmittag am Strand mit ihren Kindern gehabt hatte, hatte der Tag sie völlig ausgelaugt zurückgelassen.

Sie nahm einen tiefen Atemzug, lehnte sich zurück und schloss erschöpft die Augen. Konnte sie Clayton all das verzeihen, was er ihr angetan hatte? Seinetwegen hatte sie so viele schmerzvolle Momente aushalten müssen, dass dieser Schmerz in ihrer Herzgegend permanent unterschwellig da war. Abwesend rieb sie sich mit der Hand über die Brust. Sie musste ihm verzeihen, loslassen und nach vorne blicken, wenn sie sich jemals wieder besser fühlen wollte. Sie spürte selbst, dass ihr Groll auf ihren Mann sie bei ihrer Weiterentwicklung nicht voranbrachte, er warf sie eher zurück.

Was war nur aus ihnen geworden? Früher waren sie das Traumpaar gewesen, das sich blind verstand und um das all ihre Freunde sie immer beneidet hatten. »Relationship goal« hatten sie ihnen zugerufen, wenn Clayton und sie gemeinsam auf einer Party auftauchten; beide aus der Puste und über die Gesichter strahlend, weil sie kurz vor der Party im Auto noch übereinander hergefallen waren, so dass ihnen jeder ansehen konnte, dass sie nicht die Hände voneinander hatten lassen können. Sie erinnerte sich an diesen einen besonderen Tag vor einigen Jahren zurück.

*»Happy Birthday to you, happy Birthday to you, happy Birthday, dear Katie, happy Birthday to you!« Mit einem Satz sprang Clayton zu ihr auf das Bett, setzte sich rittlings auf sie und begrüßte sie an dem Morgen von ihrem 25. Geburtstag mit feuchten Schmatzern im Gesicht. »Aufwachen, du Schlafmütze! Du hast Geburtstag! Möchtest du den etwa den ganzen Tag verschlafen?«*

*Gerade aus dem Tiefschlaf gerissen, konnte sie nicht anders, als loszuprusten und sich vor seinen Küssen in Sicherheit zu bringen. Angestachelt von ihrer Reaktion, begann Clayton, sie am ganzen Körper zu kitzeln. Katie japste nach Luft. »Aufhören, aufhören! Ich bin ja schon wach. Hilfe, Clay, ich kann nicht mehr!«*

*Grinsend sah er zu ihr hinunter und drückte ihr einen weiteren Kuss auf den Mund. Dieser war alles andere als verspielt und ließ sie Sterne sehen. Tief in ihrem Innersten zog sich vor Begehren alles zusammen. Clayton hatte das mit seinen Küssen so an sich, dass er sie von einem Moment auf den anderen alles andere vergessen lassen konnte und sie sich nur noch auf ihn und seine Küsse konzentrierte. Ihre Zehen kräuselten sich. Aber bevor dieser unglaubliche Kuss zu weiterem führen konnte, dem sie an diesem freien Tag, der auch noch ihr Geburtstag war, alles andere als abgeneigt war, löste sich Clayton*

58

wieder von ihr. »Guten Morgen, mein Engel! Ich wünsche dir alles Liebe zu deinem Geburtstag!«, sprach er mit sanfter und gleichzeitig vor Lust belegter Stimme.

Lächelnd sah sie zu ihm herauf, während er sich zur Seite Richtung Nachttisch beugte und mit einem Cupcake, in dessen Mitte eine kleine entzündete Kerze steckte, wieder in ihrem Blickfeld auftauchte. »Cupcakes zum Frühstück?«, fragte sie ihn grinsend.

»Ich weiß doch, wie süchtig du nach diesen süßen Dingern bist«, antwortete er ihr lächelnd und hielt ihr den Cupcake unter die Nase. »Auspusten«, forderte er sie auf.

Katie setzte sich etwas auf, lehnte sich mit dem Rücken an das Kopfteil ihres Bettes und pustete. »Und nun wünsch dir etwas.« Auffordernd sah er sie an.

Sie schloss die Augen und dachte einen Moment nach. Mit einem Lächeln im Gesicht sandte sie ihren Wunsch an das Geburtstagskerzenuniversum oder wo auch immer diese Wünsche landeten und öffnete ihre Augen.

»Was hast du dir gewünscht?«

Mit einem Zwinkern in seinen strahlenden blauen Augen, in denen sie sich jedes Mal verlieren konnte, wenn sie Clayton ansah, blickte er zu ihr. »Das werde ich dir ganz bestimmt nicht verraten. Sonst geht der Wunsch ja nicht in Erfüllung und das wäre wirklich schade.«

Katie zog die Kerze aus dem Cupcake, legte sie zur Seite und biss herzhaft in das süße Teilchen hinein. Sofort spürte sie die cremige, nach Vanille schmeckende Süße des Toppings auf ihrer Zunge. Dazu kam der lockere buttrige Geschmack des Teigs und Katie konnte ein Stöhnen nicht unterdrücken, während sie ihre Augen genussvoll schloss, um den Geschmack voll auszukosten.

Das nächste, was sie spürte, war Clayton, der ihre Beine packte und sie wieder nach unten zog. Überrascht von der Attacke gab sie einen spitzen Aufschrei von sich und blickte ihn mit weit aufgerissenen Augen an. »Ich bin neidisch auf den Cupcake!«

59

Clayton blickte sie empört dreinblickend an. Katie grinste nur zur Antwort und nahm einen weiteren Bissen. Als sie daraufhin genussvoll stöhnend ihre Augen verdrehte, schien Clayton genug zu haben und nahm ihr den halb aufgegessen Cupcake ab. Er stellte ihn auf ihren Nachtisch zurück, nahm ihr Gesicht in beide Hände und stürzte sich auf ihren Mund. Dieses Mal stöhnte Katie aus einem gänzlich anderen Grund wohlig auf und krallte sich in Claytons Haare, während sie ihre Beine um seine Hüften schlang und sich ganz seinem Kuss hingab.

Ein paar Stunden später saßen sie zusammen an einem kleinen runden Tisch in einem Bistro direkt an der Strandpromenade mit Blick auf das Meer und genossen ein spätes Frühstück. Die Sonne schien auf sie nieder und es wehte eine warme Brise. Katie ließ sich mit einem Seufzen gegen die Stuhllehne zurückfallen und blickte hinaus auf die Weiten des Wassers. Sie hatten sich zur Feier des Tages Pfannkuchen, French Toast und frisches Obst gegönnt. Ihr Geburtstag hatte wirklich mit einem besonderen Start begonnen. Mit einem verschmitzten Grinsen bei der Erinnerung an ihren gemeinsamen Morgen blickte sie zu Clayton, der gerade einen Schluck von seinem Cappuccino nahm, und fragte sich, was dieser Tag noch so bringen würde. Clayton hatte sich sehr bedeckt gehalten, als sie ihn auf seine Pläne angesprochen hatte. Das hatte sie nur noch neugieriger gemacht und es fiel ihr wirklich schwer, ihn nicht permanent danach zu fragen. Sie wusste jedoch, dass sie aus ihm nichts herausbekommen würde, wenn er sich das vorgenommen hatte. Dieser Mann konnte so unheimlich stur sein, aber das war nur eine der vielen Eigenschaften, die sie so sehr an ihm liebte. Er wusste einfach, was er wollte und nichts konnte ihn von seinen Vorhaben abbringen, wenn er sie einmal gefasst hatte. Grinsend schüttelte sie leicht den Kopf über ihre Gedanken. Clayton sah sie daraufhin fragend an. »Was ist los? An was denkst du?«

»Daran, dass du zu stur bist, um mir zu sagen, was du für heute geplant hast und wie sehr ich dich dafür liebe.«

*Nun musste auch Clayton grinsen. Er lehnte sich etwas über den Tisch und griff nach ihrer Hand. »Lass dich einfach überraschen, Engelchen. Ich bin mir sicher, es wird dir gefallen.«*

*»Ich hoffe es doch sehr. Für irgendetwas muss sich diese unerträgliche Anspannung ja gelohnt habe«, antwortete sie ihm mit einem Augenrollen.*

*Clayton lachte laut auf. »Für dich ist das nur unerträglich, weil du so unglaublich neugierig bist«, erwiderte er glucksend und stupste sie mit dem Zeigefinger auf die Nase.*

*»Der Grund ist egal, unerträglich bleibt es trotzdem«, meinte Katie daraufhin leicht verstimmt, weil es Clayton so offensichtliche Freude bereite, sie auf die Folter zu spannen.*

*Grinsend fragte Clayton die Bedienung nach der Rechnung, ohne weiter auf Katies Worte einzugehen und zog sie anschließend mit sich in Richtung Strand. Er verschränkte seine Finger fest mit ihren. Offensichtlich war sein Plan ein Strandspaziergang.*

*Eine gefühlte Ewigkeit später kamen sie zu einem Felsvorsprung, der Richtung Wasser hinausragte. Katie hatte mittlerweile ihre Sandalen ausgezogen, da sich immer wieder Sand in ihnen verfing und an ihren Füßen scheuerte. Als Clayton sie nun über die Felsen zu führen wollen schien, blieb Katie schlagartig stehen. »Ernsthaft, Clay? Wir gehen seit gefühlten Stunden an diesem vermaledeiten Strand spazieren und nun soll ich auch noch barfuß über diese spitzen und scharfkantigen Felsen klettern? Du hättest mir wenigstens sagen können, dass ich vernünftige Schuhe anziehen soll.«*

*Sie stemmte ihre Hände in ihre Taille und sah ihn entrüstet an. Es fehlte nicht viel und sie würde wie ein Kleinkind in seiner Trotzphase mit den Füßen auf den Boden stampfen und sich hinschmeißen, um anschließend herzzerreißend loszuheulen.*

*Clayton drehte sich gelassen zu ihr um und ging die wenigen Schritte zu ihr zurück, um ihr leicht über die in ihre Hüften* gestemmten Arme zu streicheln. »Nur noch ein kleines Stück, Süße. Vertraue mir, es wird sich lohnen.«

Er sah sie mit diesem unverschämt sexy verschmitzten Grinsen an und gab ihr einen kleinen Kuss auf die Nase. Ernsthaft, kein Mann sollte so grinsen dürfen, das gehörte definitiv verboten, wenn sie sich noch auf etwas Ernstes konzentrieren wollte.

Ihr Ärger verschwand mit den Wellen im Meer, die nur wenige Meter von ihr entfernt auf den Strand trafen und sie nahm Claytons ausgestreckte Hand, die er ihr erwartungsvoll entgegenhielt. Als wüsste er genau, was er mit seinen Gesten und Worten, ganz zu schweigen seinem Lächeln, bei ihr auslöste. Nämlich hoffnungslose Willenlosigkeit. Mit diesem Grinsen konnte er alles von ihr verlangen und sie würde es ihm ohne groß darüber nachzudenken geben. »Na gut«, grummelte sie vor sich hin und machte sich daran, die Felsen mit Claytons Hilfe zu überwinden.

Wenn sie ehrlich war, machte ihr der Ausflug mit Clayton eigentlich sogar Spaß. Es war ihr Geburtstag, die Sonne schien, der Wind hüllte sie mit seiner warmen Brise ein und Clayton genoss offenbar ihre gemeinsame Zeit, seinem permanenten Lächeln, welches ihm nicht aus dem Gesicht weichen wollte, nach zu urteilen. Allerdings stand sie sich wie so oft selbst im Weg. Wenn sie planlos durch den Tag gehen musste und nicht wusste, was auf sie zu kam, fühlte sie sich hilflos und verloren, was sich in einer gewissen Zickigkeit zeigte, die nun leider Clayton abbekam. Sie verpasste sich einen innerlichen Dämpfer und lächelte zu Clayton hinauf, der vor ihr auf einem erhöhten Felsen stand und sie gerade zu sich hochziehen wollte. Von jetzt an wollte sie diesen Tag und die gemeinsame Zeit mit Clayton noch mehr genießen. Es war schließlich ihr Geburtstag und schon seitdem sie ein kleines Mädchen war, hatte sie es geliebt, ihren Geburtstag zu feiern und diesen Tag mit etwas ganz Besonderem zu verbringen.

Als sie neben Clayton auf dem höchsten der Felsen stand, sah sie, dass sich hinter der Formation eine kleine abgeschiedene Bucht

62

*befand. An zwei Seiten war sie von hohen Klippen umgeben und wie es aussah, nur von Claytons und ihrer Seite aus begehbar. Sie waren vom restlichen Strand abgeschieden und sofort erfüllte eine ruhige und friedvolle Atmosphäre die Luft. Sie nahm einen tiefen Atemzug und drehte sich zu Clayton um. Strahlend sah sie ihn an. »Du hattest Recht. Es lohnt sich wirklich. Hier ist es ja wunderschön!«*

*Clayton gab ihr einen Kuss auf den Mund und sah sie lächelnd an. »Siehst du, manchmal lohnt es sich, sich auf ein kleines Abenteuer mit etwas Ungewissheit einzulassen.«*

*Grinsend verdrehte sie die Augen und ließ sich von Clayton die restlichen Steine hinunterhelfen, bis sie auf dem feinen, pudrigen Sand standen. Clayton holte eine Decke aus dem Rucksack, den er den ganzen Weg bis hierhergetragen hatte und von dem sie sich bereits gefragt hatte, was sich in ihm befand und bereitete sie auf dem Sand aus.*

*»Madame, darf ich Sie bitten, Platz zu nehmen?«, fragte er Katie mit einer übertriebenen Verbeugung.*

*Katie prustete laut los, ließ sich aber nach diesem Marsch nur zu gern auf der Decke nieder. »Was hast du als Nächstes geplant?«, fragte sie Clayton.*

*Dieser ließ sich gerade neben ihr nieder und schnaufte laut auf. »Dass du auch immer alles wissen und planen musst. Genieße doch einfach mal den Moment, mein Schatz«, antwortete er ihr und versetzte ihr einen liebevollen Nasenstüber. Anschließend legte er sich auf seinen Rücken, verschränkte die Arme unter seinem Kopf und schloss die Augen.*

*Offensichtlich stand Clayton der Sinn nach einem Nickerchen in der Sonne. Katie entschloss sich, es ihm gleichzutun und kuschelte sich an ihn. Zufrieden brummte Clayton und legte seinen Arm um ihren Rücken, um sie noch näher an sich zu ziehen.*

Nicht alles so ernst nehmen, nicht immer alles planen und einfach mal den Moment genießen. Wie oft hatte sie diese

63

Worte von Clayton im Laufe ihrer Beziehung zu hören bekommen? Zu Anfang waren sie noch humorvoll und wohlwollend gemeint, aber über die Jahre hatten sie sich zunehmend in Vorwürfe verwandelt, bis sie es nicht mehr hören konnte. Sie hatte ihm dann vorgeworfen, sie nicht zu respektieren und als die Person anzunehmen, die sie nun einmal war. Sie war nun einmal ein organisierter, fokussierter Mensch, der nichts dem Zufall überließ. Unerwartete Dinge bereiteten ihr Angst und hinterließen in ihr das Gefühl, keine Kontrolle über die Situation zu haben. Und er stellte sie deshalb als totalen Unmenschen dar, der zu guter Laune und Gelassenheit nicht in der Lage war. Als ob das eine das andere ausschließen würde.

Sie wusste aber, dass Clayton mit seinen Worten recht gehabt hatte. Sie wusste, dass es nur eine Sache der Perspektive war, wie Eleanor ihr ebenfalls gesagt hatte, und sie daran arbeiten konnte, nicht immer alles so verbissen und schwarz zu sehen. Es war nicht immer alles gegen sie gerichtet, nicht jeder wollte ihr etwas Böses. Sie stand sich nur permanent selbst im Weg und hatte damit ihre Beziehung und damit auch ihre Familie vergiftet. Wenn sie genauer darüber nachdachte, war sie der Überzeugung, dass dieses Gedankengut, dass sie über die Jahre so gewissenhaft kultiviert hatte, der Grund, warum sie in dieses emotionale Loch gestürzt war. Warum der Strudel aus negativen selbstsabotierenden Gedanken sie immer weiter in die Tiefe riss und sie so nicht mehr wusste, wie sie sich jemals noch daraus befreien sollte und kapitulierte.

Wie bereits am Vormittag nach ihrem Gespräch mit Eleanor schwirrte ihr erneut der Kopf von diesen vielen Gedanken und Überlegungen. Das war heute eine Menge an Informationen und Erkenntnissen gewesen. Auch wenn sie sich nach diesem aufwühlenden Tag wie erschlagen fühlte, so verspürte sie auch zum ersten Mal seit sehr langer Zeit nicht nur komplette Hilflosigkeit, sondern auch einen winzig kleinen Hoffnungsschimmer in ihrem Inneren. Sie nahm einen Schluck aus ihrem Weinglas und gab sich erneut den Gedankenträumen an diesen einen Geburtstag vor vielen Jahren hin.

*Als Katie das nächste Mal die Augen aufmachte, sah sie Clayton neben sich knien, der sich an seinem Rucksack zu schaffen machte. Wie es aussah, hatte er alles für ein Picknick am Strand mitgenommen, denn sie sah eine Schale mit Weintrauben, eine weitere flache Schale mit verschiedenen Sorten Käse und Crackern und eine Weinflasche. Gerade holte er zwei Weingläser aus Plastik aus der Tasche sowie einen Korkenzieher. Lächelnd sah er zu ihr hinüber, als sie sich aufsetzte. »Na du Schlafmütze, ausgeschlafen?«, fragte er sie grinsend.*

*»Wie lange war ich weg?«, wollte sie von ihm wissen, während sie sich reckte und streckte.*

*»Etwa eine Stunde.« Clayton nahm die Weinflasche und machte sich daran, den Korken herauszuziehen. »Hunger, mein Schatz?«*

*»Und wie«, antwortete Katie lachend und nahm die Deckel von den Schalen, in denen sich das Essen befand, ab.*

*Clayton reichte ihr ein Weinglas und schenkte sich selbst ebenfalls von dem mitgebrachten Wein ein. »Auf dich, mein Engel. Happy Birthday!« Clayton stieß leicht mit seinem Glas gegen Katies und sah ihr dabei tief in die Augen. Nachdem beide einen Schluck genommen hatten, fragte er: »Gefällt dir dein Geburtstag bisher?«*

*»Bisher? Hast du noch weitere Überraschungen geplant?«, fragte Katie im Gegenzug.*

*Ohne weiter auf ihre Frage einzugehen, antwortete Clayton: »Du hast meine Frage nicht beantwortet, Süße«, und warf ihr ein verschmitztes Grinsen zu.*

»Er ist ganz nett, ja«, antwortete Katie gespielt lapidar und zuckte mit den Schultern, so als ob es kein besonderer Tag wäre, musste sich aber mit aller Mühe ein Grinsen bei ihren Worten verkneifen.

»Ganz nett?«, erwiderte Clayton entrüstet. »Ich zeige dir mal ganz nett.« Er stellte sein Weinglas zur Seite, nahm Katies aus ihren Händen und stellte es daneben, bevor er sich mit einem animalischen Laut auf sie warf und sie mit seinen Händen von Kopf bis Fuß kitzelte. Katie wand sich unter ihm und versuchte sich von ihm zu befreien, was kein leichtes Unterfangen war, denn Clayton war deutlich trainierter und stärker als sie.

»Aufhören! Aufhören, Clayton! Bitte!«, japste sie nach Luft schnappend unter ihm. Ihr war ganz schwummrig vom vielen Lachen und seinem Gewicht auf ihr.

»Findest du deinen Geburtstag immer noch nur ganz nett?«, fragte er gespielt empört und hielt für einen Moment seine Hände still auf ihrem Bauch.

»Er ist wirklich ganz in Ordnung.«

Katie wusste, dass sie ihn damit nur weiter provozierte, aber sie konnte einfach nicht anders. Sie liebte es, Clayton herauszufordern und liebevoll zu necken. Umgekehrt war das ebenso und sie beide schenkten sich in dieser Hinsicht nichts. Das war nur einer von vielen kleinen Punkten, die ihre Beziehung so besonders und lebendig machten.

Clayton schüttelte nur erstaunt den Kopf, schien sie aber nicht weiter kitzeln zu wollen. Stattdessen glitt er etwas von ihr hinunter, um seinen Körper neben Katies abzulegen. Sie dachte gerade, er würde sich zu ihr hinunterbeugen und sie nun ausgiebig küssen, wie er das so oft tat – Gott, sie liebte seine Küsse und konnte sich regelrecht in ihnen verlieren –, aber sie spürte nur, wie er seine Hand von ihrem Bauch nahm.

Das nächste, was sie sah, war eine kleine dunkelblaue Schachtel direkt vor ihren Augen. Katie ließ ihren Blick von der Schatulle zu

Claytons Augen und zurückwandern. Ihr wurde plötzlich ganz heiß, sie spürte, wie ihr die Hitze in die Wangen trat und ihr Mund war mit einem Schlag staubtrocken. Sie zwang sich, zu schlucken, was ihr gar nicht so leicht fiel und befeuchtete nervös ihre Lippen mit ihrer Zunge. In ihrem Hals hatte sich ein scheinbar unüberwindbarer Kloß gebildet und in ihren Ohren war nur ein Rauschen zu hören.

Wie durch einen Nebelschleier hörte sie Clayton fragen: »Findest du den hier auch nur ganz nett?« Er sah sie mit seinem unvergleichlichen sexy Grinsen an, auch wenn sie in seinen Augen einen Hauch Unsicherheit erahnen konnte, und ließ die Schatulle aufschnappen. Zum Vorschein kam ein Ring aus Weißgold mit einem rund geschliffenen Diamanten in der Mitte und links und rechts davon angeordnet jeweils zwei kleinere dunkelblaue Edelsteine. Saphire vielleicht? Mit aufgerissenen Augen sah sie Clayton an.

Der hatte sich mittlerweile auf seine Knie begeben und griff nun nach ihrer linken Hand. Im nächsten Augenblick hörte sie ihn tief Luft holen. »Katie Elizabeth Johnson, ich liebe dich über alles und kann mir nicht mehr vorstellen, auch nur einen Tag ohne dich an meiner Seite verbringen zu müssen. Du machst mein Leben komplett, so wie du bist. Möchtest du mich heiraten?«, fragte er Katie und sah ihr dabei tief in die Augen.

Katie spürte, wie sich an ihrem ganzen Körper Gänsehaut ausbreitete. Langsam drang seine Frage in ihr Bewusstsein vor und als sich ihr deren ganzes Ausmaß deutlich machte, erschien ein breites Lächeln auf ihrem Gesicht. Sie strahlte Clayton an. »Ja«, rief sie und warf sich in seine Arme, um ihn gleich darauf stürmisch zu küssen.

# SIEBEN

Katie war fix und fertig und am Ende mit ihren Kräften. Sie hatte sich für heute vorgenommen, die freie Zeit, während die Kinder nicht zu Hause waren, für sich zu nutzen und nicht an ihre ständigen Verpflichtungen im Haushalt zu denken. So ihr Vorhaben, stattdessen hatte sie sich jedoch wieder einmal in eine Tätigkeit nach der anderen gestürzt, nur um nicht nachdenken zu müssen. Sie wollte möglichst viel schaffen und erledigen, damit sie sich endlich mal wieder gut und wichtig fühlen konnte. Nach den aufwühlenden Tagen in letzter Zeit, an denen sie viele neue Erkenntnisse gewonnen hatte, aber auch immer wieder viel Negatives und Schmerzhaftes hochgekommen war, waren die letzten Nächte sehr unruhig verlaufen und sie hatte kaum ein Auge zugetan. Am liebsten hätte sie sich den ganzen Tag lang in ihrem Bett verkrochen, nachdem sie die Kinder zur Schule und in den Kindergarten gebracht hatte, aber das Nichtstun brachte nur neue Gedanken mit sich. Sich diesen zu stellen, dafür fehlte ihr momentan einfach die Kraft.

Also hatte sie sich einige Aufgaben im und am Haus gesucht, um nur nicht nachdenken zu müssen. Der Vorgarten war von Unkraut befreit, die Fenster im gesamten Haus waren geputzt, die Blumenkästen waren neu bepflanzt, das Haus war gewischt und sämtliche Betten waren neu bezogen. Dazu duftete es nach frisch gebackenem Kuchen im ganzen Haus und sämtlicher Papierkram der letzten Monate war sortiert und ordnungsgemäß abgeheftet. Und Katie lag nun völlig erschlagen auf der Couch im Wohnzimmer und schimpfte mit sich selbst, dass sie es wieder einmal so übertrieben hatte und vor Erschöpfung kaum noch einen Finger rühren konnte. Dabei musste sie noch duschen, bevor sie die Kinder in einer halben Stunde abholen musste, denn sie war bei dem ganzen Treiben ziemlich ins Schwitzen gekommen. Sie war so erschlagen, dass sie sich über ihr Geleistetes und die Erfolge dieses Tages nicht einmal richtig freuen konnte.

Ihr fiel in diesem Moment der Ruhe – dem ersten an diesem Tag – auf, dass ihr das immer wieder passierte. Wenn sie sich mit ihrem Innenleben nicht auseinandersetzen wollte, wenn sie sich in ihrer eigenen Haut nicht wohlfühlte oder ihren Gedanken stellen wollte, beziehungsweise konnte, dann schmiss sie sich ins eifrige Tun. Sie wollte sich ablenken mit der Hoffnung, dass sie sich dann besser fühlte, weil sie ja so fleißig gewesen war und etwas geschafft hatte. Dass es ihr danach nicht besser ging, dass sie sich nur unnötig auspowerte und dass sie ihre Emotionen nur unterdrückte, anstatt sich ihnen zu stellen, wurde ihr gerade zum ersten Mal überhaupt richtig bewusst. Woran das lag, konnte sie gar nicht so genau beantworten. Vielleicht war das die Folge ihres Gesprächs mit Eleanor gestern, das ihr die Augen geöffnet hatte und sie nun zunehmend ihre Gedanken, Gefühle und Handlungen hinterfragen ließ.

Wenn sie dieses Schema durchbrechen wollte, musste sie endlich anfangen, auf sich selbst zu achten. Es sprach nichts dagegen, Sachen zu erledigen, sich um den Haushalt zu kümmern oder den Garten zu pflegen. Wichtig war nur, dass sie auf sich, ihren Körper und ihre Kräfte achtete, und dass sich körperliche Arbeit und Pausen die Waage hielten. Ansonsten war die nächste Situation, in der sie zusammenbrach und nichts mehr zustande brachte, vorprogrammiert.

Katie setzte sich auf und atmete tief durch. Pausen waren wichtig. Das wusste sie doch eigentlich. Nur mit ausreichenden Pausen konnte man seine Energiereserven wieder auffüllen. Nur dann hatte man auch wieder ausreichend Kraft für die nächsten Tätigkeiten. Katie machte sich in Gedanken eine Notiz für ihren nächsten Termin mit Eleanor. Sie wollte mit ihr besprechen, wie sie sich wertvoll fühlen konnte, auch wenn sie nichts erledigte oder fleißig war. Beziehungsweise wie sie diese Gefühle hervorrufen konnte, ohne etwas dafür geleistet zu haben. Offensichtlich war dies eine sehr tiefgehende Prägung aus Katies Vergangenheit, der sie sich bislang noch nie gestellt hatte. Wie sie dieses Muster auflösen und ins Gegenteil umwandeln konnte, musste Katie dringend mit Eleanor besprechen. Denn eines stand fest, so wie heute wollte und konnte sie sich nicht mehr verhalten. Sie wollte sich nicht mehr so unglaublich kraftlos und erschöpft und gleichzeitig niedergeschlagen fühlen.

Für den Moment würde sie sich einer kleinen Meditation hingeben, einfach nur im Hier und Jetzt sein, sich auf ihren Atem konzentrieren und ihre Aufmerksamkeit in ihr Herz bringen, so wie Eleanor es ihr für schwere Momente geraten hatte, bevor sie eine kurze Dusche nehmen würde, um anschließend ihre Kinder abzuholen. Bereits ein wenig zuversichtlicher gestimmt, begab sie sich in ihre

Meditationshaltung, bevor sie die Augen schloss und sich ganz ihrem Atem hingab.

Als sie mit ihrer Meditation fertig war, spürte sie wie schon am Vortag erneut eine leichte, positiv angehauchte Veränderung in ihrem Inneren. Noch vor wenigen Wochen wäre sie völlig anders mit der Situation umgegangen. Sie hätte schluchzend und zusammengerollt auf der Couch gelegen und keinen Ausweg aus ihrer Situation gesehen. Sie hätte sich irgendwie mit letzter Kraft aufgerafft, um ihre Kinder zu holen, sich dabei jedoch in ihren negativen Gedanken verstrickt und es alle und jeden spüren lassen, wie schlecht es ihr ging.

*Clayton hatte sich in seinem Arbeitszimmer verschanzt. Wütend schlug Katie gegen die Tür und rief ihm zu, er sollte endlich die Tür öffnen, damit sie mit ihm reden könne. Zum Glück waren die Kinder gerade im Garten und bemerkten nichts von dem Streit zwischen ihren Eltern. Wobei man von Streit nicht wirklich reden konnte. Clayton sprach ja nicht mit ihr, dieser ignorante Mistkerl. Nie nahm er Rücksicht auf sie. Sie rackerte sich den ganzen Tag ab, kümmerte sich um die Kinder und schmiss den Haushalt, sorgte dafür, dass jeden Abend ein warmes Essen auf dem Tisch stand und seine Hemden gebügelt im Schrank hingen. Und wie dankte Clayton es ihr? Er sprach nicht einmal mehr mit ihr. Völlig in Rage schlug Katie erneut gegen die Tür, als sie an das eben Geschehene zurückdachte, aber nichts tat sich dahinter. Clayton hatte es tatsächlich gewagt, sie darauf aufmerksam zu machen, wie ungenießbar das Abendessen schmeckte. Dabei hatte Katie auch einen anstrengenden Tag gehabt! Sie war froh, überhaupt noch für eine warme gemeinsame Mahlzeit am Abend sorgen zu können, danach wollte sie einfach nur auf der Couch versacken und sich ihrer Erschöpfung hingeben. Doch statt ihr dafür nur zu danken und seine Kritik für sich zu behalten, musste er sie unbedingt wissen lassen, wie schrecklich er ihr Essen fand.*

Katie war einfach nur perplex und verletzt und vollkommen überfordert mit der Situation gewesen. Das hatte sie Clayton auch spüren lassen und sofort verbal zurückgeschossen, sobald die Kinder nach dem Essen draußen waren, denn sie sollten schließlich nichts von dem Streit ihrer Eltern mitbekommen. Nach einem lauten Schlagabtausch, in der erneut ein Kritikpunkt nach dem anderen gegen sie gefallen war, hatte er sich in seinem Arbeitszimmer verschanzt mit den Worten, er brauche für den Rest des Abends seine Ruhe, um sich von dem Drama, was sie veranstaltete, zu erholen.

Nun stand sie vor seiner Tür und wollte den Streit gerne aus dem Weg räumen und endgültig klären, da sie ihn nicht einfach so stehen lassen konnte. Aber Clayton rührte sich in seiner Sturheit, die sie früher so geliebt hatte, kein Stück. Am Ende mit ihrer Geduld ließ sie ihn wissen, was sie von seinem egoistischen Verhalten hielt. »Vielen Dank auch, dass du dich in deinem Arbeitszimmer eingeschlossen hast«, brüllte sie ihm durch die Tür zu. Ob er sie überhaupt hören konnte, wusste sie nicht, da er sich häufig Kopfhörer aufsetzte, um ungestört seine Lieblingsmusik zu hören. Aber es war ihr auch schlichtweg egal. Das hier musste raus. »Das heißt dann wohl, dass ich mich wieder einmal allein um die Kinder und das Aufräumen des Abendessens kümmern darf? Wie schön, dass du immer alles auf mich abwälzt. Hauptsache, du rührst keinen Finger zu viel!«

In diesem Moment riss Clayton die Tür von innen auf. Offensichtlich hatte er sie doch gehört. Mit einem vorwurfsvollen Blick sah er von oben auf sie herab und schoss zurück: »Dass du immer alles so persönlich nehmen musst. Ich kenne wirklich keinen Menschen, der so selbstbezogen ist wie du. Danke, dass du mir meinen wohlverdienten Feierabend mit deinem Gezeter so kaputt machen musst.«

Bei diesen Worten spürte Katie, wie sich alles in ihr vor Schmerz zusammenzog. In Kombination mit seinem wütenden Blick fühlte sie sich einfach nur mies und hätte sich am liebsten auf dem Fußboden zusammengerollt, um sich ganz ihrem Schmerz hinzugeben.

72

*Allerdings hatte sie auch noch einiges zu sagen. »Ich mache dir überhaupt nichts kaputt, Clayton! Du hast angefangen und mich vor den Kindern kritisiert!«*

*»Ich habe dich überhaupt nicht kritisiert. Ich habe dich lediglich gefragt, ob an dem Essen Salz fehlt, mehr nicht.«*

*»Das ist doch Kritik! Du implizierst damit, dass ich nicht gut gekocht habe und dir mein Essen nicht schmeckt.«*

*»Diese Unterhaltung ist einfach nur lächerlich. Ich bringe die Kinder ins Bett, dir ist das ja offensichtlich zu viel.« Mit diesen Worten drehte er sich weg und wollte nach draußen in den Garten gehen, um die beiden reinzuholen. Aber er kam nicht weit, denn Katie klammerte sich an ihm fest, völlig außer sich nach seiner erneuten Kritik.*

*»Hör endlich auf, mich so fertig zu machen! Warum machst du das?«, wollte sie aufgebracht von ihm wissen.*

*Clayton versuchte, seinen Arm aus ihrer Umklammerung zu befreien, während er sie anfuhr: »Das machst du alles ganz alleine, Katie. Hör auf, mir die Schuld zu geben und übernimm endlich Verantwortung, statt dich hier wie ein kleines Kind aufzuführen.«*

*Anschließend riss er sich von ihr los und ging in Richtung Terrassentür. Katie taumelte vor lauter Verzweiflung und Hilflosigkeit und stieß mit dem Rücken gegen die Wand. Völlig am Ende mit ihren Kräften und emotional ausgelaugt ließ sie sich an der Wand zu Boden gleiten. Anschließend schlug sie die Hände vor dem Gesicht zusammen und schluchzte laut auf. Das war alles so unglaublich ungerecht! Wieso kritisierte Clayton sie in einer Tour? Sah er nicht, wie sehr sie sich aufopferte, um es allen und vor allem ihm recht zu machen? Und dass sie völlig am Ende war von ihren ständigen Auseinandersetzungen?*

*Aus Angst, die Kinder könnten sie so sehen, raffte sie sich auf und schleppte sich mit letzter Kraft ins Schlafzimmer, um sich dort unter der Decke zu verkriechen und sich den Tränen ungestört hinzugeben. Sie wusste, dass das Bett neben ihr heute Nacht leer bleiben würde.*

73

Katie bekam immer noch Gänsehaut, wenn sie an ihre Auseinandersetzungen mit Clayton zurückdachte und was alles dazu geführt hatte. Heute jedoch, so wurde Katie bewusst, übernahm sie Verantwortung; für ihre Handlungen und Gedanken und für sich selbst. Ihr war bewusst geworden, dass sie den bisherigen Tag über in selbstsabotierende Tätigkeiten verstrickt gewesen war. Sie hatte das Muster erkannt und die bewusste Entscheidung getroffen, auszusteigen und so nicht weiter zu machen. Zugegeben, erst nachdem sie geschuftet hatte, also würden morgen ihre Schwiegermutter vor der Tür stehen, die immer jeden Fleck genau mit ihren Argusaugen inspizierte und alles kritisierte, was nicht ihren Vorstellungen entsprach. Aber sie hatte es bemerkt und konnte von nun an bewusst einen anderen Weg einschlagen.

Ihr fiel in diesem Moment auch wieder ein, wie Eleanor bei einem ihrer Treffen von dem Gesetz der Anziehung gesprochen hatte. Das, worauf Katie sich innerlich ausrichtete, sendete sie nach Außen und konnte so wieder zu ihr zurückfließen. Alles, was ihr nicht guttat, durfte sie anerkennen und dann liebevoll loslassen, in dem sie den Blick nach vorne richtete anstatt sich im Gedankenkarussell zu verlieren.

Mit einem zuversichtlichen Lächeln im Gesicht stand sie auf und griff nach ihrem Handy, um ihre Freundin Sarah mit ihren zwei Kindern zum Kaffeetrinken am Nachmittag einzuladen. In der Küche stand schließlich ein herrlich duftender selbstgebackener Kuchen, der aufgegessen werden wollte. Dazu blitzte das Haus regelrecht vor Sauberkeit und war bereit, um Besuch zu empfangen. Und Calvin und Lani würden sich bestimmt freuen, mal wieder mit anderen Kindern spielen zu können.

74

Das war noch eine positive Veränderung, wie Katie mit Überraschung feststellte. Vor einiger Zeit hätte sie sich an so einem Tag keine Gäste ins Haus geholt, zu erschöpft, um sich auf andere Personen als ihre Kinder einzulassen und Erwachsenengespräche zu führen. Aber jetzt, ausgerichtet auf Liebe und Dankbarkeit, spürte sie, wie sie sich regelrecht danach sehnte, Sarah endlich einmal wiederzusehen und entspannt mit ihr zu plaudern, während sie dabei leckeren Kuchen aßen und den Kindern beim Spielen zusahen.

Mit deutlich gehobener Stimmung und einem Lächeln im Gesicht schrieb Katie eine Nachricht an Sarah, um sie für den Nachmittag einzuladen, dann stieg sie unter die Dusche.

# ACHT

*Drei Monate später*

Katie fühlte sich heute richtig gut. Nach einigen Monaten des bewussten, achtsamen Übens und konsequenten Ausrichtens, fiel es ihr mittlerweile immer leichter, liebevoll mit sich selbst umzugehen, voller Dankbarkeit zu sein und bewusst in den Tag zu starten. Auch wenn es immer noch schwere Momente und mitunter auch ganze Tage zwischendurch gab, so hatte sich doch ihre Einstellung sich selbst gegenüber grundlegend geändert. Sie war mitfühlend und gnädig mit sich selbst, und sie bemerkte die schweren Momente der Selbstsabotage deutlich schneller, so dass sie sich inzwischen immer konsequenter neu ausrichten und sammeln konnte, wenn es erforderlich war.

Clayton lebte nach wie vor in seiner eigenen Wohnung und Katie wusste noch immer nicht, wie es mit ihnen weitergehen würde. Er hatte bisher weder die Scheidung eingereicht noch irgendwelche Andeutungen gemacht, dass sie wieder zusammenkommen würden. Dennoch schien es einen Waffenstillstand zwischen ihnen zu geben. Wenn sie sich sahen, gingen sie zwar distanziert aber respektvoll miteinander um, auch wenn sich die Kommunikation zwischen ihnen ausschließlich um die Kinder drehte.

Nachdem sie die Kinder heute Morgen weggebracht hatte, fuhr sie auf direktem Weg ins Yogastudio. Sie hatte sich für heute, so wie jeden Mittwoch seit ein paar Monaten, vorgenommen, nur Dinge zu tun, die ihr selbst guttaten, und die sie nicht nur tat, damit sie ein gutes Gewissen hatte.

Die letzten Beratungen bei Eleanor Shaw hatte sie genutzt, um dieses Thema anzusprechen und gemeinsam mit ihr eine Strategie zu entwickeln, wie sie diese Tage besser für sich und ihre persönliche Weiterentwicklung nutzen konnte, ohne in den alten Trott aus Selbstüberforderung und schlechtem Gewissen zu verfallen. Eleanor hatte sie für ihre Erkenntnisse gelobt, weil sie zeigten, dass Katie bereits einen weiten Weg in ihrer eigenen Entwicklung gekommen war. Sie hatte Katie aber auch darauf hingewiesen, es mit diesen guten Taten, die Katie nur für sich selbst machte, nicht zu übertreiben. Katie sollte sicherstellen, dass sie sich auch Zeit für richtige Pausen, in denen sie einfach mal nichts tat, nahm.

Also versuchte es Katie heute nach dem Motto »weniger ist mehr«. Zuerst stand eine Stunde im Yogastudio auf dem Programm, in dem sie früher eine rege Besucherin war, dass sie seit der Geburt von Lani aber nicht mehr betreten hatte. Danach wollte sie sich nach einer Pause zu Hause, für die sie sich keine Hausarbeit vorgenommen hatte, mit ihrer Freundin Sarah zum Mittagessen und anschließenden Besuch im Kosmetikstudio für eine Maniküre treffen.

Beschwingt von diesen Vorhaben betrat Katie das Yogastudio und freute sich auf den Tag, der vor ihr lag.

Nun, einen Tag später, rannten Calvin und sein Freund Max durch das Wohnzimmer in den Garten, während Lani und Sarahs Tochter Suzie, die ein Jahr jünger war als Lani, auf dem Fußboden saßen und mit Lanis Barbiepuppen spielten. Katies Freundin Sarah, die sie im Krankenhaus kennengelernt hatte, als sie sich nach der Geburt ihrer Söhne ein Zimmer geteilt hatten, saß neben ihr auf der Couch und stellte ihren leeren Kuchenteller auf dem Couchtisch ab. »Dein Kuchen ist wie immer fantastisch, Katie. Warum du damit kein Geld verdienst, ist mir schleierhaft.«

Katie wand sich verlegen. »Als ob man mit so etwas wie Kuchen backen wirklich Geld verdienen könnte.«

Sarah grinste daraufhin. Diese Unterhaltung hatten die beiden schon oft geführt. Katie sah einfach nicht das angebliche Potential, das Sarah so offensichtlich in ihr erkannte, eine eigene Bäckerei zu eröffnen. Wer würde bei ihr schon Kuchen und Gebäck kaufen wollen? Und was war mit der ganzen Arbeit, die zwangsläufig anfiel, wenn man selbstständig war? Wie ließ sich das mit der Betreuung ihrer Kinder und all den anderen Alltagspflichten überhaupt vereinbaren?

»Macht es dir Spaß, zu backen?«, wollte Sarah von ihr wissen.

»Ja, natürlich«, antwortete Katie. »Ich könnte den ganzen Tag backen, wenn ich mich nicht um so viel anderes kümmern müsste.«

»Warum machst du es dann nicht?«, fragte Sarah sie zurück.

»Das habe ich doch eben gesagt. Außerdem, was will ich mit so viel Gebäck, ein Kuchen reicht bei uns für ein paar Tage«, antwortete Katie defensiv. Sie nahm sich ein Couchkissen und drückte es auf ihren Bauch, während sie die Arme darauf verschränkte. Irgendwie gab ihr diese

78

Unterhaltung ein mulmiges Gefühl. Ihr Bauch begann bereits unangenehm zu rumoren und zu zwicken. Warum das so war, konnte sie sich selbst auch nicht erklären.

Sarah ließ sich von Katies Zurückhaltung nicht beirren. »Aber wenn du dein eigenes Geschäft hättest, könntest du deiner Lieblingstätigkeit den ganzen Tag nachgehen.«

Katie setzte zu einer Antwort an, aber Sarah sprach unbeirrt weiter. »Hör mir einfach mal kurz zu, bevor du nach Gegenargumenten suchst, um die Idee direkt im Keim zu ersticken, anstatt ihr eine echte Chance zu geben.«

Katie verdrehte ihre Augen. Als ob die Idee einer eigenen Bäckerei nicht ein totales Hirngespinst war. Wer war denn heutzutage schon mit einem eigenen kleinen Geschäft wirklich erfolgreich und musste nicht sofort nach der Eröffnung wieder schließen, weil die Kundschaft ausblieb? Aber sie hielt ihren Mund geschlossen, wie von ihrer Freundin aufgetragen.

»Ich kenne niemanden, der beim Backen so sehr aufgeht wie du. Ich weiß aus deinen Erzählungen, dass du es liebst, den ganzen Tag in der Küche zu stehen, Zutaten abzumessen, mit neuen Rezepten zu experimentieren und zuversichtlich weiterzumachen, wenn wider Erwarten doch mal etwas nicht so klappen sollte, wie du es dir vorgestellt hast. Ich habe dich dabei gesehen, wie du deine Kreationen mit einer Engelsgeduld verzierst, dass man neidisch werden könnte und sie schmecken alle ausnahmslos einfach nur himmlisch. Ich verstehe nicht, warum du dein Hobby nicht schon längst zu deinem Beruf gemacht hast.« Sarah griff nach dieser Ansprache nach ihrer Kaffeetasse und ließ sich auf der Couch zurücksinken, während sie scheinbar ungerührt einen Schluck nahm.

Katie setzte zu einer Antwort an, schloss ihren Mund aber direkt wieder, bevor sie etwas sagen konnte. Auf ihrer Haut breitete sich eine Gänsehaut aus und das Ziehen in ihrem

Bauch verwandelte sich ganz zaghaft in ein angenehmes Gefühl, ein Prickeln. In ihrem Kopf breitete sich der Gedanke an eine eigene Bäckerei stetig und unbeirrt aus. Könnte sie wirklich...?

Sie ließ ihren Blick durch das Zimmer schweifen und er fiel auf Lani, dann nach draußen zu Calvin, der mit Max im Garten spielte. »Ich kann mich nicht einfach so selbstständig machen. Was ist mit den Kindern, wer kümmert sich um sie?«

Vielleicht klang es nach einer Ausrede, aber sie konnte der Idee nicht einfach so nachgehen. Dazu war sie einfach zu utopisch, zu unrealistisch. Ihr Magen verkrampfte sich erneut, nachdem sie den zarten Hoffnungsschimmer direkt wieder im Keim ersticken musste.

»Du bist doch jetzt auch nicht untätig, wenn Calvin in der Schule und Lani im Kindergarten sind. Anders wäre es dann auch nicht. Und für die restliche Zeit könntest du dir ein Kindermädchen suchen, das sich vielleicht auch direkt mit um den Haushalt und das Essen kümmern könnte. Nachmittags könnten die beiden vielleicht auch mal Zeit bei dir im Geschäft verbringen. Es findet sich für alles eine Lösung, wenn du es nur wirklich willst.« Sarah sah sie auffordernd und zugleich mitfühlend an, während sie nach Katies Hand griff und sie drückte. »Und ich glaube, es würde dir ganz guttun, mal etwas nur für dich allein zu tun.«

Katie schluckte. Das hatte ihr ihre Therapeutin bereits gesagt und auch Katie spürte, dass es dazu dringend an der Zeit war. Dieses Gefühl, nicht sie selbst zu sein, neben Mutter und Hausfrau keine eigene Identität zu haben, war auf Dauer nicht gerade förderlich für ihr Selbstwertgefühl.

»Denk einfach mal über alles in Ruhe nach. Ich finde, das bist du dir selbst wert, oder?«, fragte Sarah sie sanft.

Katie nickte und versuchte, den Kloß in ihrem Hals hinunterzuschlucken. »Das werde ich tun.«

Die restliche Zeit sprachen sie über den bevorstehenden Urlaub von Sarah und ihrer Familie, da die Ferien bald anstanden, und wie sich die Jungs in der Schule machten. Mit einem wohligen Gefühl verabschiedete Katie sich wenig später von ihrer Freundin mit dem Versprechen, über die Idee mit der eigenen Bäckerei in Ruhe nachzudenken.

Katie: *Wann können wir uns einmal unterhalten? Ich muss mit dir reden.*

Verwundert sah Clayton auf sein Handy, das auf seinem Schreibtisch lag, und las die Nachricht von Katie. Ihre Kommunikation in den letzten Wochen war immer kurz und knapp verlaufen, aber mit einer gewissen Höflichkeit, um nicht zu sagen Distanz, und hatte sich ausschließlich um die Kinder gedreht. Mit einer Nachricht, in der sie ihn um ein Gespräch bat, hatte er nicht gerechnet. Wer wusste schon, was sie dieses Mal von ihm wollte und welche Vorwürfe er sich wieder anhören musste. Er war jedoch um einen friedvollen Umgang der Kinder zuliebe bemüht, daher antwortete er ihr.

Clayton: *Ich hole Samstag nach dem Frühstück die Kinder ab. Geht es dann?*

Da, das klang doch gar nicht mal verdrießlich oder unhöflich. Einigermaßen zufrieden mit sich wandte er sich wieder seiner Arbeit zu, bis ein Klingelton ihre Antwort ankündigte. Clayton entsperrte seinen Bildschirm.

Katie: *In Ordnung. Bis Samstag.*

Da sie keine weitere Frage gestellt hatte, legte er sein Handy erneut zur Seite. Er war später noch mit Brad auf ein Bier im Pub verabredet und wollte rechtzeitig Feierabend machen, um dort nicht in Hemd und Krawatte aufzutauchen. Ansonsten müsste er sich den ganzen Abend lang etwas von Brad anhören, dass er zu viel arbeitete und zu wenig Spaß hatte. Er hatte seinen Kumpel wirklich gern, aber mit dieser alten Leier

81

ging er ihm immer wieder auf die Nerven und da wollte er ihm auch heute nicht unbedingt eine Vorlage liefern.

Zufrieden mit seinem Arbeitstag betrat Clayton ein paar Stunden später den Irish Pub, den er mit seinen Kumpels schon seit Jahren frequentierte. Hier konnte er immer super abschalten und den Stress aus seinem Alltag – sei es in der Firma oder privater Natur – hinter sich lassen. Darauf hoffte er auch heute Abend wieder. Die Nachricht von Katie hatte er bereits in seinen Hinterkopf verbannt.

Er blickte sich um, als er das Innere des Pubs betreten hatte und sah Brad am langen Holztresen sitzen. Sein Kumpel hatte bereits eine Bierflasche vor sich stehen. Grinsend schüttelte Clayton seinen Kopf.

Mit einem Klaps auf Brads Schulter ließ Clayton sich auf dem freien Barhocker neben seinem Freund nieder. Mit erhobener Augenbraue zeigte er auf Brads fast ausgetrunkene Bierflasche. »Stressiger Tag, Kumpel?«, wollte er mit einem Grinsen von ihm wissen.

Brad schnaufte. »Als ob. Aber ich weiß ja immer nicht, wie lange ich hier auf dich warten muss. Da nehme ich doch nicht in Kauf, zu verdursten, bevor du dich bemüßigst hier aufzuschlagen.«

Clayton verdrehte die Augen. »Solange musstest du nun auch wieder nicht warten.«

Brad lachte kurz auf. »Ja, heute. Aber ich saß hier schon oft genug über eine Stunde rum, bevor du aufgetaucht bist. Ich konnte ja vorher nicht wissen, dass du heute ausnahmsweise einmal halbwegs pünktlich hier bist.«

Ohne weiter darauf einzugehen, bestellte Clayton sich ebenfalls ein Bier. Anschließend stellte er seine Ellbogen auf dem Tresen ab und strich sich mit beiden Händen über sein Gesicht und die Haare, um anschließend tief durchzuatmen.

82

»Langer Tag in der Firma?«, fragte Brad ihn. »Oder gab es neuen Ärger mit Katie?«

»Nein, obwohl sie mir heute geschrieben hat, dass sie mit mir reden muss.«

Brad schaute überrascht auf. »Weißt du, was sie von dir möchte?«

»Keine Ahnung.« Clayton lachte humorlos auf. »Wahrscheinlich habe ich mal wieder irgendetwas falsch gemacht oder vergessen, von dem ich nicht weiß, was es sein könnte, und sie möchte mich mit ihren typischen Vorwürfen beehren.« Er stieß ein erneutes Schnaufen aus seiner Nase.

»Ach, Clayton.« Brad gab ihm einen Klaps auf die Schulter und drückte sie anschließend kurz in einer freundschaftlichen, mitfühlenden Geste. »Sei froh, dass du das nicht mehr jeden Tag mitmachen musst. Wobei…«

Clayton sah aus dem Augenwinkel, wie Brad sich an dem Etikett seiner Bierflasche zu schaffen machte und sich anscheinend innerlich wandte weiterzusprechen. »Wobei was…?«, fragte er ihn auffordernd.

Brad atmete hörbar aus. »Versteh mich nicht falsch, Kumpel, aber ich glaube, ihr beide solltet euch mal dringend zusammenraufen und aussprechen. Diese ständige schlechte Laune und das gegenseitige Anschuldigen können doch auf Dauer nicht gut sein. Nicht für dich, nicht für sie und erst recht nicht für eure Kinder.«

Empört schaute Clayton auf. »Alter, unterstellst du mir, meine Vorwürfe gegenüber Katie sind falsch und nicht gerechtfertigt, und ich denke mir das alles nur aus? Glaub mir, das tue ich nicht. Diese Frau hat mein Leben zur Hölle gemacht. Auch wenn sie sich zurzeit zurückhält, kann ich das nicht einfach so vergessen. Bei ihr ist es immer nur eine Frage der Zeit, bis sie zu alten Formen aufläuft.«

Brad schien ihm diesen Ausbruch nicht übel zu nehmen, dafür war er zu abgebrüht und hartgesotten. »Nein, das denke ich nicht. Aber ich sehe doch, wie schlecht es dir immer noch geht, obwohl du, wie du selbst sagst, sie nicht mehr täglich siehst und dich mit ihrem Drama auseinandersetzen musst. Ich denke einfach, du musst mit all dem abschließen, damit es dich nicht mehr so runterzieht und du nach vorne blicken kannst.«

»Und wie soll ich das deiner Meinung nach tun?« Clayton war von Brads Ansprache alles andere als begeistert. »Wenn ich die Kinder weiterhin sehen möchte, und das möchte ich, werde ich den Kontakt mit ihr nie einstellen können.«

»Eben das meine ich ja. Ihr solltet euch mal zusammensetzen und vernünftig über alles reden, darüber wie es weitergehen soll. Gerade wegen der Kinder. Dieser aktuelle Zustand macht euch alle nur kaputt.«

»Mag sein«, antwortete Clayton grummelig. Er hatte absolut keine Lust, sich damit heute Abend noch auseinanderzusetzen und weiter darüber nachzudenken. Aber vielleicht hatte er sich bis Samstag, wenn Katie sowieso mit ihm sprechen wollte, einigermaßen mit dem Gedanken angefreundet. Ironisch lachte er auf. Positive Gedanken und Katie in ein und demselben Zusammenhang waren wohl eher eine Sache der Vergangenheit. Er nahm seine Bierflasche und stieß damit gegen Brads. »Lass uns heute Abend nicht mehr davon reden, sondern lieber über etwas Erfreulicheres.«

Brad grinste ihn mitfühlend an und Clayton ließ sich dankbar von ihm ablenken.

# NEUN

Katie klopfte das Herz bis zum Hals. Nervös wischte sie sich ihre feuchten Hände an den Hosenbeinen ab. Sie hatte gerade ihre Kinder zur Schule und in den Kindergarten gebracht. Nun stand sie vor einem leerstehenden Geschäft und wartete auf die Immobilienmaklerin, die ihr heute diese und noch zwei weitere potenzielle Räumlichkeiten zeigen wollte.

Es wurde tatsächlich konkret. Katie kam sich vor wie in Trance. Sie konnte immer noch nicht glauben, dass sie diese wahnwitzige Idee, die Sarah erst vor zwei Wochen in ihren Kopf gepflanzt hatte, so langsam in die Tat umsetzte. Sobald sie daran dachte, wurde ihr schwindlig und in ihrem Kopf schwirrte es nur so vor Plänen und Ideen.

Das Gespräch mit Clayton am Samstag war erstaunlich gut verlaufen. Er war zwar nicht begeistert gewesen und hatte auch nicht offen seine Unterstützung kundgetan oder ihr zugesichert, dass sie es schaffen könnte, aber er war mit der Idee einer Nanny einverstanden gewesen. Sie würde

85

jemanden suchen, die gleichzeitig Aufgaben im Haushalt übernehmen könnte, damit Katie mehr Zeit und Energie für ihre Bäckerei zur Verfügung stand.

Das restliche Wochenende hatte Katie Pläne geschmiedet und Listen geschrieben. Es musste so viel erledigt werden, bevor sie tatsächlich durchstarten konnte. Aber zum ersten Mal seit langer Zeit fühlte sie sich nicht überfordert, sondern sah die Gelegenheit als eine positive Herausforderung an. Begeistert hatte sie Eleanor in ihrer wöchentlichen Sitzung davon erzählt. Ihre Therapeutin und Mentorin hatte sich für Katie gefreut, ihr aber auch eindringlich ins Gewissen geredet, dass Katie sich auf keinen Fall überfordern oder zu viel auf einmal vornehmen durfte. Sie sollte sich ausreichend Hilfe suchen und bei der Umsetzung ihrer Pläne langsam vorgehen, damit sie sich nicht übernahm. Regelmäßige Pausen sollte sie einhalten und wenn ein Teilziel nicht in der vorgesehenen Zeit erreicht werden konnte, dann sollte Katie sich davon nicht entmutigen lassen, sondern ruhig und gelassen weitermachen.

Vor allem aber, hatte Eleanor ihr gesagt, sollte Katie ihr Ziel nicht aus den Augen verlieren und sich innerlich immer wieder auf ihre Vision fokussieren, vor allem an Tagen, an denen Katie alles schwerfiel oder die Dinge nicht so liefen, wie sie es sich vorgestellt hatte. Dann würde die Motivation von ganz allein wiederkommen. Wenn sie sich zusätzlich noch darauf einstellte, dass sie Rückschläge leicht wegstecken könnte und sich nicht von ihrem Weg abhalten lassen würde, stand ihrem Traum der Selbstständigkeit mit eigenem Geschäft nichts mehr im Weg. Sie hatte Katie eindringlich dazu ermuntert, dass sie groß träumen dürfe, dann würde ihre Vision in Erfüllung gehen.

Katie nahm sich Eleanors Worte sehr zu Herzen. Auch wenn sie sonst dazu tendierte, am liebsten alles sofort erledigt zu haben, versuchte sie sich bei diesem Mammutprojekt

86

bewusst zurückzunehmen. Eine eigene Bäckerei! Manche Leute würden sie mit dieser Idee für völlig verrückt erklären, Katie konnte es ja selbst kaum glauben. Aber zum ersten Mal seit sehr langer Zeit verspürte sie endlich wieder Lebensfreude und einen Sinn in ihrem Tun. Sie strahlte geradezu vor Erfüllung und Tatendrang. Sie war sich sicher, dass sie es schaffen würde, wenn sie sich die Worte von Eleanor zu Herzen nahm und sich immer wieder auf ihr Ziel ausrichtete.

Sie war seit ihrem tiefsten Punkt und der Trennung von Clayton im letzten Jahr schon so weit gekommen. Sie war noch lange nicht am Ende angekommen – im Gegenteil, sie hatte ja gerade erst vor ein paar Tagen mit der Umsetzung angefangen –, aber tief in ihrem Herzen spürte sie, dass genau dieses Projekt, diese neue Aufgabe zum richtigen Zeitpunkt in ihr Leben getreten war. Es fühlte sich wie das gewisse Etwas an, das ihrem Leben, neben ihren Kindern, einen Sinn gab und sie morgens mit einem Lächeln aufstehen und in den Tag starten ließ. Etwas womit sie anderen Menschen eine Freude machen und ihren Tag mit herrlichen Leckereien versüßen konnte. Katie nahm einen tiefen Atemzug und stieß ihn mit einem glücklichen Seufzen wieder aus. Es fühlte sich einfach richtig an und ihr war es egal, was die Leute über sie dachten. Zum ersten Mal in ihrem Leben.

In diesem Augenblick kam die Immobilienmaklerin Rhonda um die Ecke und schritt auf Katie zu. Katie wischte sich erneut die vor Aufregung schweißnassen Hände an ihrer Hose ab und begrüßte sie mit einem Lächeln.

»Guten Morgen, Katie. Ich hoffe, Sie mussten nicht allzu lange warten.« Rhonda reichte ihr zur Begrüßung die Hand. »Wollen wir direkt reingehen?«

»Sehr gerne.« Katie klopfte das Herz bis zum Hals.

»Es ist hier wirklich eine schöne Gegend. Ich glaube, eine kleine Bäckerei, wie Sie sich das vorstellen, würde sich hier wirklich gut machen.« Die Immobilienmaklerin schien von Katies Aufregung nichts zu spüren und plauderte fröhlich und kompetent drauf los, während sie einen Schlüssel aus ihrer Handtasche holte und zur Eingangstür des Geschäfts ging. Katie folgte ihr und trat als Erste ein, nachdem die Maklerin aufgeschlossen hatte und ihr die Tür aufhielt.

Katie sah sich in dem Lokal um. Es war staubig und roch etwas abgestanden, schien auf den ersten Blick aber einen soliden Eindruck zu machen. Im aktuellen Zustand war es etwas fade zwar, aber Katie hatte zahlreiche Visionen für ihr Geschäft, um ihm ausreichend Farbe und Charme einzuhauchen, damit sich die Gäste hier wohlfühlen würden. Und in der Tat schien der Verkaufsraum direkt ihren Träumen entsprungen zu sein, denn genauso hatte sie ihn sich vorgestellt.

Vor ihr lag ein großer lichtdurchfluteter Raum, dank der beiden großen Fensterscheiben, die sich links und rechts von der gläsernen Eingangstür befanden. Am Ende des Raumes war eine lange Theke aufgebaut, die zu etwa zwei Drittel aus Glas bestand und an deren anderem Ende die Kasse stehen könnte. Genügend Verkaufsfläche für die vielen leckeren Köstlichkeiten, die Katie plante zu verkaufen. Hinter der Theke befand sich ein flacher Schrank mit weiterer Abstellfläche und darüber an die Wand montiert ein Regal über dieselbe Länge wie der darunter stehende Schrank mit mehreren Regalböden. Es wirkte alles sehr abgenutzt und nicht mehr auf dem neuesten Stand, aber Katie war sich nicht zu schade, den Dingen wieder neues Leben einzuhauchen, sie zu renovieren und zu verschönern. Sollte sie sich denn für dieses Objekt entscheiden und hier ihre Bäckerei eröffnen, ermahnte sie sich innerlich zur Ruhe.

88

An der rechten Seite der gegenüberliegenden Wand befand sich eine Tür, die in den hinteren Teil des Geschäfts führte. Katie trat hindurch.

»Hinter dem Verkaufsraum haben wir einen kleinen Flur, von dem sich die Küche - ihre potenzielle Backstube -, ein Lagerraum, ein kleines Büro und eine Toilette abzweigen.« Rhonda war ihr gefolgt und öffnete neben Katie die erste Tür in dem kleinen dunklen Flur. Katie blickte in ein kleines Bad, dass in den siebziger Jahren des letzten Jahrhunderts stehen geblieben war. Dunkelgrüne Fliesen an Wänden und auf dem Fußboden, eine Toilette und ein Waschbecken ebenfalls in einem schrecklichen Grünton und ein altmodischer Spiegel mit einer vergilbten Lampe bildeten das Innere des Raumes. Das alles musste dringend erneuert werden, das konnte man keinem Gast mehr zumuten!

Rhonda dachte sich anscheinend das gleiche. »Natürlich muss an diesem Objekt einiges gemacht und erneuert werden. Aber für die Lage ist es ein echtes Schmuckstück und hier sind Ihrer Kreativität keine Grenzen gesetzt. Es hat so viel Potenzial und Sie können hier tun und lassen, wie es Ihnen gefällt.«

Katie musste bei so viel Verkaufseifer ein Schmunzeln unterdrücken. Aber Rhonda hatte recht. Katie sah genau vor Augen, was die Maklerin versuchte, ihr schmackhaft zu machen.

Als nächstes betraten sie die Küche. Auch sie war in einem alten, abgenutzten Zustand wie der Rest des Geschäftes und es würde viel Arbeit kosten, bevor Katie hier Cupcakes, Pies und andere Leckereien zubereiten konnte. Wahrscheinlich würde sie alles rausschmeißen und komplett neu einrichten müssen. Ihr schwebten industriell gehaltene hochwertige Küchengeräte und Arbeitsflächen aus Edelstahl vor, sie mussten schließlich einiges aushalten, wenn sie hier täglich Süßes backen und zubereiten wollte.

89

Konnte man so etwas vielleicht auch gebraucht erwerben, um eventuell Kosten zu sparen? Sie würde sich auf alle Fälle schlau machen. Im nächsten Moment stoppte sie sich innerlich, denn es gingen schon wieder die Pferde mit ihr durch und sie war in Gedanken bereits drei Schritte weiter. Zunächst einmal müsste sie sich überhaupt erst für dieses Objekt entscheiden und es anschließend auch bekommen, da es mit Sicherheit noch andere Bewerber gab. Und um eine vernünftige Entscheidung treffen zu können, müsste sie sich weitere Geschäfte ansehen und dann alles miteinander vergleichen und abwägen.

Rhonda war bereits zurück in den Flur getreten und zeigte ihr noch die zwei übrigen Räume. Ein wirklich sehr kleines Büro, in das gerade mal ein Schreibtisch mit Stuhl und ein Aktenschrank passten und ein ebenfalls kleiner Lagerraum, der mit seinen raumhohen Regalen an drei Wänden aber eine Menge wert sein würde, um sämtliche Zutaten und Ausstattungsgegenstände unterzubringen.

Als sie alles angesehen hatten und anschließend zurück auf die Straße in die Sonne traten, wandte sich die Maklerin zu Katie um. »Ich habe noch die Schlüssel für zwei weitere Objekte. Wenn Sie möchten, können wir uns die gleich im Anschluss noch ansehen. Sie sind zwar von der Lage her nicht ganz so günstig gelegen wie dieses Geschäft, dafür sind sie weniger renovierungsbedürftig. Was meinen Sie, Katie?«

Katie nickte. »Ja, unbedingt. Ich möchte die anderen beiden auch noch sehen, dann kann ich besser vergleichen.«

Sie fuhr Rhondas Auto auf dem Weg zu den beiden anderen Lokalen mit ihrem eigenen Wagen hinterher. Die Maklerin hatte recht, denn beide Geschäfte waren in einem wirklich guten Zustand und es müsste nur wenig gemacht werden, wenn Katie sich für eines von ihnen entscheiden sollte. Aber die Lage machte Katie Sorgen. Sie befanden sich deutlich abseits der Hauptstraße und Fußgängerverkehr war quasi kaum existent. Das war für eine Bäckerei keine gute Voraussetzung. Gerade zu Beginn, überlegte Katie, würde sie vor allem von der Laufkundschaft leben müssen, um sich dann auch richtig etablieren zu können. Schließlich würden zunächst nur die wenigen Menschen aus ihrem Familien- und Bekanntenkreis von ihr wissen.

Aber wenn Katie ehrlich zu sich war, hatte sie ihr Herz bereits an das erste Geschäft verloren. Es würde eine Menge Arbeit werden, dessen war sie sich sicher. Und sie würde der Maklerin auch heute noch keine Entscheidung mitteilen, sondern erst einmal alles sacken lassen und in Ruhe überdenken. Das Gute war, sie hatte keinen Zeitdruck und auch nach dem Kauf ausreichend finanzielle Mittel und konnte sich in aller Ruhe um die Renovierung kümmern.

Katie verabschiedete sich bei der Maklerin und kündigte ihr an, dass sie sich in den nächsten Tagen mit einer Entscheidung bei ihr melden würde. Rhonda sicherte ihr im Gegenzug zu, dass sie Katie Bescheid geben würde, sollte sie noch eine weitere Immobilie erhalten, die für Katies Zwecke in Frage kam.

Es war mittlerweile recht spät geworden. Die Besichtigung der drei Objekte hatte einige Zeit in Anspruch genommen. Also entschloss sich Katie, auf dem Weg zum Kindergarten und zur Schule nur kurz anzuhalten, um sich eine Kleinigkeit zum Mittagessen zu besorgen, bevor sie ihre Kinder abholte und anschließend mit ihnen zu ihren Eltern fuhr. Sie hatte ihnen bereits am Wochenende telefonisch von ihren Plänen berichtet und wollte nun von den heutigen Besichtigungen erzählen. Ihre Eltern würden ihr mit Rat und Tat zur Seite stehen und sie in ihrer Entscheidung unterstützen. Darauf hoffte Katie, sodass sie in nicht allzu weiter Ferne den Kaufvertrag für ihre eigene Bäckerei unterschreiben könnte.

Bei dem Gedanken klopfte ihr das Herz erneut vor Aufregung und sie konnte ein hoffnungsfrohes Lächeln nicht unterdrücken.

# ZEHN

*Vier Wochen später*

Nichts, aber auch gar nichts funktionierte! Katie warf frustriert ihr Werkzeug mit einem lauten Fluch auf den Boden und raufte sich die Haare. Wenn das so weiterging, konnte sie den Traum von ihrer eigenen Backstube und dem dazugehörigen Café begraben, bevor er überhaupt richtig begonnen hatte.

Frustriert und entmutigt sah sie sich im Geschäft um. Egal wo sie hinsah oder was sie anfasste, immer traten Probleme auf. Der schöne, wenn auch in die Jahre gekommene Holzfußboden, von dem sie gehofft hatte, ihn nur einmal abschleifen zu müssen und anschließend eine neue Glasur verpassen zu können, war an vielen Stellen morsch, so dass er komplett ausgetauscht werden musste. Hinter dem großen alten Spülbecken in der Küche hatte sich ein Wasserschaden versteckt, von dem sie noch nicht einschätzen konnte, wie schlimm die Beschädigung tatsächlich war und ob er nur oberflächlich saß oder tiefer in die Wand eingedrungen war. Die Toilette stank trotz allen Schrubbens schlimmer als ein Müllcontainer, der bei 40 Grad in der Sonne vor sich hinmüffelte und das Wasser im Waschbecken floss nicht mehr ab. Dafür musste dringend ein Klempner her, abgesehen davon, dass das gesamte Badsanitär ausgetauscht werden musste. Und die Fliesen gleich mit, wenn man nicht auf den Charme der 70er Jahre stand. Was sie definitiv nicht tat.

Die Gedanken daran, was sie noch alles erledigen und austauschen musste und was das Ganze zusätzlich kosten würde, schwirrten ihr durch den Kopf. Sie hatte erst vor wenigen Tagen mit der Renovierung des Geschäfts begonnen und schon türmten sich die Probleme höher vor ihr auf als der Mount Everest.

Unzufrieden mit sich und der Gesamtsituation stand sie vom Fußboden im Verkaufsraum auf und überlegte, was sie als Nächstes erledigen könnte, wenn schon der Fußboden nicht kooperieren wollte. Ihr Blick schweifte zu der Regalwand hinter dem Verkaufstresen. Dann würde sie eben schon einmal die Bretter von der Wand abnehmen, damit sie zum Streichen frei war. Das konnte ja nicht so schwer sein. Tief atmete Katie durch.

Ein kleines bisschen besänftigt und erneut motiviert, holte sie sich einen Schraubenzieher aus der Werkzeugkiste, die auf dem Tresen stand, um die Schrauben in den Regalbrettern zu lösen.

Zehn Minuten später musste sie einsehen, dass auch so etwas Simples wie ein Regal auseinanderzubauen ihr einen Strich durch die Rechnung machen konnte. Das konnte doch nicht wahr sein! Total entnervt von diesem absolut unbrauchbaren Tag warf sie den Schraubenzieher mit einem Grummeln von sich.

94

»Ich glaube nicht, dass das die richtige Methode ist, um einen Schraubenzieher zu benutzen.«

Mit einem kleinen Aufschrei drehte sie sich in Richtung Tür. »Brad!« Sie legte sich ihre Hand auf die Brust, um ihren Herzschlag zu beruhigen, der sich mit einer rasenden Geschwindigkeit nach dem Schrecken über den überraschenden Besuch bemerkbar gemacht hatte. »Hast du mich erschreckt! Was machst du hier?«

Vorsichtig stieg sie von der kleinen Trittleiter hinunter, die sie vor das Regal gestellt hatte. An so einem Tag wie heute konnte man nicht vorsichtig genug sein.

»Ich war in der Gegend und habe dich beim Vorbeilaufen durch das Schaufenster gesehen. Clayton hat mir erzählt, dass du dieses Geschäft gekauft hast und es in eine Bäckerei verwandeln möchtest. Wie es so läuft, brauche ich wohl nicht zu fragen, oder?«

Sie sah, wie Brad, der für seine notorisch gute Laune berühmt-berüchtigt war, versuchte, sich ein Schmunzeln zu verkneifen, was sie ihm hoch anrechnete. Sie konnte heute wirklich niemanden gebrauchen, der sich über ihre derzeitige Verfassung lustig machte.

Entnervt seufzte sie auf. »Nein, brauchst du nicht. Der Laden ist in einem noch schlimmeren Zustand als vermutet. Ich wusste, dass es kein Kinderspiel werden würde, ihn wieder auf Vordermann zu bringen. Aber die Probleme, die so nach und nach auftreten, übersteigen mein körperliches und seelisches Vermögen.«

Entmutigt ließ sie sich auf die Trittleiter sinken und den Kopf zwischen ihren Armen hängen. Einen Moment später tauchte ein Paar Sneaker vor ihren Augen auf und sie spürte Brads warme Hand, die ihr aufmunternd, fast freundschaftlich, über ihren Rücken strich.

Sie und Brad hatten sich nie besonders nahegestanden. Sie hatte ihn als Claytons Freund, den er seit dem College kannte, toleriert, aber sich ihm gegenüber nie wirklich erwärmen können. Zu oft wechselte er die Freundinnen, zu flatterhaft ging er mit den Ernsthaftigkeiten des Lebens um und schien nie aus dem Status des ewig feiernden, keine Sorgen habenden Junggesellen hinausgewachsen zu sein.

Umso erstaunter war sie über diese Geste. Das sah dem Brad, den sie kannte, alles andere als ähnlich. Aber vielleicht hatte sie sich auch nie die Mühe gemacht, ihn richtig kennenzulernen. Vielleicht saß hinter der lustigen, nicht ernst zu nehmenden Fassade ein tiefgründiger Kern, den er nur selten zeigte?

Langsam sah sie vom Fußboden auf. »So schlimm?«, fragte Brad sie in diesem Augenblick empathisch.

»Nein.« Katie seufzte tief und strich sich mit den Händen über das Gesicht. »Noch viel schlimmer. Ich bin komplett überfordert. Das ist eine oder besser gesagt viel zu viele Nummern zu groß für mich.«

»Es gibt nichts, was man nicht richten kann.«

Katie schnaufte. »Du hast ja keine Ahnung.«

»Das kannst du vielleicht nicht wissen, aber ein bisschen Ahnung habe ich schon. Ich habe meinem Großvater früher in den Ferien immer geholfen. Er war Handwerker und hat alte Häuser renoviert.«

Überrascht sah sie Brad an. Der grinste sie mit einem schiefen Lächeln an. Es schien, als ob sie ihn tatsächlich unterschätzt hatte.

»Also, was machen wir als Erstes? Ich habe heute keine Termine mehr.« Er knöpfte die Ärmel seines Hemdes auf, krempelte sie nach oben und sah sie auffordernd an. »Sollen wir uns als Erstes dieses widerspenstige Regal vorknöpfen, das dich so offensichtlich geärgert hat?«

96

Mit einem Zwinkern wandte er sich in die Richtung, in die sie den Schraubenzieher geworfen hatte und hob ihn auf. Zu verdattert von dieser plötzlichen Wandlung stand sie von der Trittleiter auf und machte ihm Platz. Brad drehte die erste Schraube ohne scheinbare Anstrengung heraus und reichte sie ihr. Nebenbei machte er Smalltalk mit Katie. »Und, wie geht es den Kindern?«, wollte er von ihr wissen.

Sie hielt ihm die Hand für die nächste Schraube auf. »Die sind diese Woche bei Claytons Eltern und machen dort Ferien. Es wird ihnen also gut gehen, so wie ich ihre Großeltern kenne.«

»Das freut mich zu hören.«

Die Schrauben aus dem ersten Regalbrett waren alle gelöst und Brad hob es mit Leichtigkeit von der Wand, um es anschließend ein paar Meter entfernt abzustellen.

»Und wie geht es dir? Abgesehen von den Problemen, die dir dein neues Geschäft bereiten.«

Bei dieser Frage grinste er sie zwar an, aber sie konnte in seinen Augen erkennen, dass er es ernst meinte und wirklich wissen wollte, wie es ihr ging.

»Ganz ok. Wir haben uns alle langsam an die Situation gewöhnt, dass die Kinder nun zwei Zuhause haben und nur noch jeweils mit einem ihrer beiden Elternteile Zeit verbringen.«

Mehr wagte sie nicht von sich und ihren Gefühlen preiszugeben, Brad war schließlich immer noch Claytons bester Freund und seine Sympathien damit eindeutig bei ihm und nicht bei ihr.

Brad warf ihr einen Blick über seine Schulter zu und blickte sie aufmerksam an. Sah sie dort etwa so etwas wie Mitleid oder sogar Mitgefühl? Rasch schob sie den Gedanken beiseite. Brad war einfach nicht der Typ für solche Gefühle. Sie hatte nie über etwas ernsthaftes mit ihm gesprochen und auch niemals mitbekommen, wie Clayton und er über etwas so tiefgründiges sprachen. Wahrscheinlich war es einfach nur Neugierde, was ihm ins Gesicht geschrieben stand. Wer wusste schon, was Clayton ihm alles von ihr berichtet hatte? Seine nächsten Worte überraschten sie umso mehr.

»Das glaube ich, dass das für euch alle nicht einfach sein kann.« Er wandte sich dem nächsten Regalbrett zu. »Und wie geht es dir wirklich?«, wollte er scheinbar unberührt von ihr wissen. »Ihr seid jetzt immerhin schon seit einem dreiviertel Jahr getrennt. Das kann nicht einfach für dich sein.«

Katie schluckte und sah zur Seite, als er seinen Kopf erneut in ihre Richtung drehte. »Nein, einfach ist es wirklich nicht.« Sie hielt ihm ihre Hand für die nächsten Schrauben hin, machte aber keine Anstalten, weiter auf seine Frage einzugehen.

»Weißt du, Clayton erzählt sehr viel. Vor allem nach einem stressigen Arbeitstag und wenn er zusätzlich ein, zwei Bier getrunken hat. Aber irgendwie werde ich das Gefühl nicht los, dass das nicht die ganze Wahrheit ist. Zu einer Geschichte gehören immerhin zwei Seiten. Und ihr beide habt eine lange und tiefgehende Geschichte.« Er hatte das Herausdrehen der Schrauben für einen Moment aufgegeben und sich ihr komplett zugewandt. Aufmerksam sah er sie an. »Warum erzählst du mir nicht deine Seite der Geschichte?«

Überrascht riss sie die Augen auf und sah ihn ungläubig an. »Die möchtest du wirklich hören?«, fragte sie Brad in einem ungläubigen Tonfall.

»Ja, die möchte ich wirklich hören.«

Der beste Freund ihres Mannes blieb die Ruhe in Person und sah sie freundlich an, was die Glaubwürdigkeit seiner Aussage nur unterstrich. So langsam fing sie an, ihm zu glauben, dass er wirklich an ihrer Version interessiert war und sich sein eigenes Bild machen wollte.

98

Also begann sie zu erzählen. Von ihren ersten Ehejahren, die so unglaublich schön und harmonisch verliefen. Von ihren Ambitionen und ihrem Vorankommen in ihrem Beruf. Von Calvins zu Lanis Geburt und den ersten Jahren als Familie. Von ihrer zunehmenden Erschöpfung. Von dem immer weiterwachsenden Gefühl, nicht gut genug zu sein. Ständig das Gefühl zu haben, nicht sie selbst zu sein, sondern nur noch eine leere Hülle. Von dem tiefen schwarzen Loch, das sich vor ihr aufgetan hatte und sie zunehmend zu verschlingen drohte. Und wie sich Clayton immer weiter von ihr entfernt hatte und sich ein Teufelskreis aufgetan hatte, weil es ihr einfach nicht gelang, ihn auf emotionaler Ebene zu sich und ihrer Familie zurückzuholen und sie sich dabei immer weiter verloren hatten, bis es scheinbar keinen Ausweg mehr gab und Clayton sich schlussendlich von ihr getrennt hatte und ausgezogen war.

Währenddessen hörte Brad aufmerksam zu und unterbrach sie nur selten. Die meiste Zeit über ließ er sie einfach reden. Alle Regalbretter waren von der Wand abmontiert und ordentlich nebeneinander aufgereiht. Sie waren inzwischen dazu übergegangen, die morschen Fußbodendielen herauszustemmen. Brad hatte ihr zugestimmt, dass diese dringend ausgetauscht werden mussten, ihr aber auch eröffnet, dass nicht alle betroffen waren und sie einen Großteil retten und wie von ihr geplant aufarbeiten konnten. Da es ein gängiger Fußboden war, konnte sie die fehlenden Dielen einfach ersetzen.

Als sie mit ihrer Erzählung fertig war, fühlte sie sich unglaublich erleichtert. Brad hatte sie mit keinem Wort für ihr Verhalten verurteilt, so wie Clayton das so oft getan hatte. Sie war wirklich verunsichert gewesen, wie er auf ihre Version reagieren würde und von dem Ergebnis war sie positiv überrascht.

»Es sieht so aus, als wenn Clayton mal dringend der Kopf gewaschen werden müsste.« Grinsend sah Brad von seiner Position auf dem Fußboden auf und zwinkerte ihr zu. »Aber mach dir keine Sorgen, Katie. Das bekommt Onkel Brad schon hin.«

Auch wenn die Situation alles andere als erfreulich war, musste sie kurz auflachen. Sie konnte sich ein Schnauben gerade so verkneifen, unterließ es aber, auf seine Worte einzugehen. Sie wusste, dass Brad nur in seiner typischen Art einen Witz gemacht hatte. Zwischen Clayton und ihr war zu viel vorgefallen, als das sie noch eine Chance auf eine Zukunft gehabt hätten. Da würde auch Brad nichts ausrichten können. Nicht, dass sie das von ihm erwarten geschweige denn verlangen würde.

In stiller Eintracht arbeiteten sie weiter.

Beim Verlassen der Bäckerei am Abend spürte Brad jeden Knochen in seinem Körper. Schon lange war er nicht mehr so viele Stunden am Stück handwerklich aktiv gewesen. Aber er hatte es genossen und sich dadurch an die langen Sommerferien bei seinem Großvater erinnert. Er hatte dort immer eine tolle Zeit verbracht und von dem alten Griesgram mit dem weichen Kern eine Menge gelernt und mit auf den Weg bekommen.

Das heute hatte sich in vielerlei Hinsicht zu einem überraschenden und interessanten Nachmittag entwickelt. Katies Perspektive in der ganzen Geschichte zwischen ihr und Clayton zu hören, war sehr aufschlussreich gewesen. Er musste seinem Kumpel unbedingt den Kopf waschen, wenn sie sich das nächste Mal sahen. Denn eines stand fest: Sein seit vielen Jahren bester Freund war kein Unschuldslamm in dem Ehekrach mit seiner Frau, so wie er es immer darstellte, wenn er Brad von allem berichtete. Er schalt sich selbst, dass er dem

100

Ganzen nicht schon eher hinterhergegangen war oder Claytons Version in Frage gestellt hatte. Auch wenn er Katie nur als Freundin und später Ehefrau seines besten Freundes kannte, wusste er doch, dass sie in Wahrheit nicht die Person war, als die Clayton sie in seinen Erzählungen immer darstellte. Da sprach offensichtlich eine Menge irrationaler und unverarbeiteter Zorn aus seinem Kumpel.

Clayton würde jedenfalls ordentlich etwas von ihm zu hören bekommen. Denn Brad war klar geworden, die beiden gehörten zusammen. Jetzt mussten sie nur noch ihre Köpfe aus ihren Hinterteilen ziehen und das Unvermeintliche ebenfalls einsehen. Er würde ihnen dabei schon auf die Sprünge helfen.

Beschwingt von seinem Vorhaben steuerte er seine Lieblingsbar an. Heute hatte er sich sein Feierabendbier wirklich verdient.

# ELF

Es war das Wochenende, das die Kinder bei ihm waren und sie hatten beide Tage vollgepackt mit allen möglichen Unternehmungen gemeinsam verbracht. Den Sonntag ließ Clayton mit seinen Kindern bei einem ausgiebigen Zoobesuch ausklingen, bevor er die beiden nachher wieder zurück zu ihrer Mutter bringen würde.

Sie standen gerade vor dem Affengehege und amüsierten sich darüber, wie die kleinen Tiere sich von einem Ast zum anderen hangelten, während einer von ihnen genüsslich eine Banane verspeiste, als Lani ihn mit einem überraschenden und wie aus dem Nichts kommenden Thema ansprach. »Daddy, wieso ist Mommy bei unseren Ausflügen nicht mehr dabei? Früher waren wir immer zusammen.«

Die Frage überforderte Clayton extrem und er wusste für einen Moment nicht, wie er seiner Tochter so schonungslos wie möglich die Wahrheit beibringen konnte. Nach gemeinsamen Ausflügen stand ihnen nicht mehr der Sinn, schließlich hatten sie sich nicht gerade im Guten getrennt, auch wenn sie versuchten, das vor ihren Kindern nicht zu zeigen.

»Weißt du, mein Schatz«, begann er, während er sich zu ihr hinunterbeugte und eine Hand auf ihrer schmalen Schulter ablegte, »deine Mommy und ich, wir haben uns nicht mehr so lieb wie früher. Das haben wir euch doch erklärt, als ich von Zuhause ausgezogen bin. Kannst du dich daran erinnern?« Auf seine Frage hin nickte Lani und er sprach weiter. »Das bedeutet auch, dass wir keine gemeinsamen Ausflüge mehr machen können.«

»Aber warum denn?«, fragte seine Tochter, während sie ihre Unterlippe nach vorne schob und ihn aus ihren Kulleraugen ansah. Wie auf Kommando erschienen auch bereits die ersten Tränen.

Ratlos, weil ihn die Situation völlig überforderte und er zunehmend sauer auf Katie wurde, zuckte er lediglich mit seinen Schultern. Es war doch ihr Job, mit den Kindern über so etwas zu reden, schließlich hatte er sie nur alle zwei Wochen für ein Wochenende. Dieses hatten sie gefälligst mit möglichst viel Spaß gemeinsam zu verbringen. So eine ernste Unterhaltung war da völlig fehl am Platz.

»Eure Trennung ist so doof!«, schimpfte Lani plötzlich. Um ihren Ausruf zu unterstreichen, stampfte sie mit ihrem Fuß auf. »Ich will, dass das aufhört!«

Clayton schloss für einen kurzen Moment die Augen und atmete tief durch, bevor er Lani in den Arm nahm und ihr beruhigend zuredete. Das war alles nur Katies Schuld. Sie musste den Kindern diese Flausen in den Kopf gesetzt haben und nun war es an ihm, den Schlamassel auszubaden. Er versuchte sich nichts von seinem Ärger und Groll auf Katie anmerken zu lassen, um seine kleine Tochter nicht noch weiter zu verwirren. »Es tut mir leid, meine Kleine. Das geht leider nicht.«

»Kann Mommy das nächste Mal denn wenigstens mit uns mitkommen?«

»Ja, genau! Mom soll das nächste Mal mitkommen.« Calvin hatte sich mittlerweile ebenfalls von den Affen abgewandt und war an sie herangetreten, um sich an der Unterhaltung zu beteiligen.

Langsam ging Clayton allerdings die Geduld aus und er atmete tief ein, um den beiden nicht ruppig zu antworten. Sie konnten schließlich nichts für die Situation und waren nur die Leidtragenden. »Ich denke nicht, dass das möglich ist.«

»Kannst du nicht wenigstens mit ihr darüber reden, ob sie nicht mal mit in den Zoo oder zum Schwimmen kommen möchte?«

Beide sahen ihn mit einem so hoffnungsvollen Blick an, dass er es nicht über sein Herz brachte, sie noch weiter zu enttäuschen. »In Ordnung, ich rede mit ihr.«

Um dem Ganzen ein Ende zu setzen, versuchte er sie abzulenken. »Und wer ist nun bereit für Pizza?«

Offensichtlich wirkte sein Plan, denn beide strahlten sofort um die Wette, rissen ihre Hände in die Luft und riefen laut: »Ich!«

»Na dann, auf geht's.«

Das Schlimmste war fürs Erste abgewandt, aber Katie würde nachher etwas zu hören bekommen, wenn er die beiden zurück nach Hause brachte. Er versuchte, sich die restliche Zeit, die ihm noch mit seinen Kindern an diesem Wochenende verblieb, nicht weiter vermiesen zu lassen. Als sie noch zusammengelebt hatten, hatte Katie es oft genug hinbekommen, ihm seinen wohlverdienten Feierabend oder ein entspanntes Wochenende mit ihren Eskalationen und dem endlosen Rumgezeter zu vermiesen. Diese Zeiten waren mit seinem Auszug ein für alle Mal vorbei und Geschichte. Er würde sich nicht weiter von ihr drangsalieren lassen. Jetzt wollte er sich erst einmal voll und ganz auf das Geplapper seiner Kinder konzentrieren, die aufgeregt von den vielen Tieren sprachen, die sie heute gesehen hatten, während sie zum Ausgang liefen. Das leidige Thema war bei Calvin und Lani zumindest erst einmal aus den Köpfen verschwunden.

Katie war gerade dabei, die Küche nach ihrem Kochmarathon für die kommende Woche aufzuräumen, als sie durch das Küchenfenster sah, wie Claytons Wagen in ihre Einfahrt abbog. Sie trocknete sich die Hände an einem Küchentuch ab und ging zur Haustür, um ihre Kinder nach dem gemeinsamen Wochenende zu begrüßen. Calvin sprang bereits voller Freude aus dem Auto und lief auf sie zu, während Clayton noch damit beschäftigt war, Lani abzuschnallen und ihr beim Aussteigen zu helfen. Auch sie rannte anschließend in Richtung Haustür, um Katie zu begrüßen. Clayton holte derweil die Rucksäcke der beiden aus dem Kofferraum. In dem Moment, in dem er sich zu ihr umdrehte, bemerkte sie den Ansatz eines wütenden Ausdrucks in seinem Gesicht, den er aber vor den Kindern anscheinend zu unterdrücken versuchte. Sie ging ein paar Schritte auf ihn zu, nachdem sie Calvin und Lani zur Begrüßung umarmt und über die Köpfe gestrichen hatte.

»Was ...«, setzte sie an, kam aber nicht weiter, da sie ruppig von Clayton unterbrochen wurde.

»Geht schon einmal ins Haus und packt eure Sachen aus. Eure Mom kommt gleich nach, wir müssen noch kurz etwas besprechen.«

Er schien sich nur mühsam beherrschen zu können, so angespannt wirkte er, aber die Kinder folgten seiner Aufforderung und gingen ins Haus, nachdem sie sich ihre Rucksäcke geschnappt hatten. Clayton zog die Haustür zu und baute sich vor ihr auf. Mit einem Mal war Katie von einem unwohlen Gefühl überkommen und sie spürte, wie Hitze in ihr aufstieg.

»Ist dir eigentlich klar, was du angerichtet hast?«, platzte es aus ihm heraus. Ehe sie auch nur den Mund für eine Antwort öffnen konnte, sprach er schon weiter. »Jahrelang musste ich deine schlechte Laune ertragen, bis ich es nicht mehr ausgehalten habe. Dann sehe ich deinetwegen die Kinder nur noch alle zwei Wochen und das musst du mir auch noch kaputt machen? Was habe ich dir eigentlich getan, um so behandelt zu werden?«

Katie öffnete und schloss mehrmals den Mund, aber sie war zu überrumpelt von seinen Worten. Waren sie nicht längst über diesen Punkt der ewigen Vorwürfe hinaus? Ihr Arrangement war zwar belastend und alles andere als ideal, aber der Kinder zuliebe hatten sie sich doch zusammengerauft und gingen halbwegs friedvoll miteinander um. Was war vorgefallen, dass Clayton ihr nun wieder diese unsagbar verletzenden Vorwürfe machte? Sie versuchte sich zu sammeln und etwas Zeit zu gewinnen, bevor sie zu einer Antwort ansetzte. »Was ist los, Clayton? Ist etwas passiert?«, fragte sie in einem, so hoffte sie, offenen und nicht anklagenden Ton.

»Das frage ich dich! Wie kannst du es wagen, mich vor den Kindern so schlecht zu machen? Hast du nicht schon genug angerichtet? Diese Familie liegt doch bereits in Trümmern. Musst du es immer noch schlimmer machen?«

»Clayton, ich habe dich nie schlecht gemacht!« Daraufhin stieß Clayton ein zynisches Lachen aus. »Es stimmt! Wie kommst du überhaupt zu so einer Annahme?« Katie versuchte wirklich ruhig zu bleiben, aber die Art und Weise, wie Clayton mit ihr sprach und vor allem was er sagte, taten so weh. Sie erinnerten sie an ihre früheren Auseinandersetzungen, als er noch im gemeinsamen Haus mit ihnen gewohnt hatte. So klein

106

und erniedrigt von seinen Worten wie damals wollte sie sich nie wieder fühlen. Wie um sich selbst vor weiteren Angriffen zu schützen, schlang sie die Arme um ihren Bauch und versuchte gleichzeitig sich innerlich aufzurichten, indem sie einen tiefen Atemzug nahm.

»Sie wollen, dass du uns auf unseren Ausflügen begleitest. Kannst du dir das vorstellen?! Jetzt wollen sie nicht einmal mehr die wenige Zeit, die sie bei mir sind, mit mir allein verbringen. Wie kommen sie auf so etwas? Was hast du ihnen gesagt?«

Noch immer war Clayton fuchsteufelswild. Um ihn nicht weiter zu provozieren, versuchte Katie so ruhig wie möglich zu bleiben. »Ich habe ihnen gar nichts gesagt, Clayton. Sie haben bei mir kein Wort darüber verloren.«

»Das glaubst du doch wohl selbst nicht.« Clayton war mittlerweile dazu übergegangen, vor ihr auf der Veranda hin und her zu laufen. Die Arme hatte er zornig vor der Brust verschränkt.

»Es stimmt!« Katie merkte, wie sie zunehmend aufgeregter und lauter wurde und holte tief Luft, um sich wieder zu beruhigen. »Es sind Kinder, Clayton. Sie haben ihre eigenen Ideen und Vorstellungen. Wahrscheinlich macht es sie einfach nur traurig, dass sie immer nur einen von uns dabeihaben, während sie überall die glücklichen Familien mit zwei Elternteilen sehen.«

»Aber wir haben ihnen die Situation doch erklärt. Sie sollten so etwas gar nicht mehr denken.«

»Das heißt aber nicht, dass es sie nicht mehr beschäftigt und sie es nicht trotzdem wünschen. Du kennst die beiden doch. Sie sind unheimlich harmoniebedürftig und ertragen Streit in ihrem Umfeld nicht.«

»Das macht es nicht besser, Katie.«

In einem Versuch, die Wogen zu glätten, wagte sie einen Vorstoß. Sie holte erneut tief Luft, um etwas Mut zu sammeln. »Was hältst du davon, wenn wir das nächste Wochenende, wenn sie nicht bei dir sind, etwas gemeinsam unternehmen? Damit können wir sie doch etwas beruhigen.«

Clayton war bei ihrer Frage stehen geblieben und sah sie ungläubig an. »Das glaubst du doch nicht im Ernst?«

»Warum denn nicht? Es würde die beiden sehr glücklich machen, das weiß ich.«

»Du und ich gemeinsam mit den Kindern auf einem Ausflug? Das kann doch nur schiefgehen.«

Katie versuchte, sich davon nicht unterkriegen zu lassen. »Wie wäre es, wenn wir ins Stadion gehen? Calvin würde sich riesig freuen, mal wieder mit dir zu einem Footballspiel zu gehen und Lani ist mittlerweile auch alt genug, um es ein ganzes Spiel lang durchzuhalten.«

Doch Clayton schien davon nichts wissen zu wollen. »Niemals, Katie. Das ertrage ich nicht!« Im nächsten Moment drehte er sich abrupt um und machte sich auf den Weg zu seinem Auto, als er bei den Verandastufen noch einmal stehen blieb und sich zu ihr zurückdrehte. Sein Gesicht war noch immer finster verzogen. »Klär das! Ich habe keine Lust, mir die wenige Zeit, die ich mit den beiden habe, so kaputt machen zu lassen.« Mit diesen Worten ließ er sie stehen und fuhr mit quietschenden Reifen davon.

Katie stand sekundenlang einfach nur auf der Veranda, zu perplex, um sich zu bewegen und sah ihm hinterher, wie er vom Grundstück auf die Straße fuhr und anschließend um die Ecke verschwand. Aber obwohl er sie mit seinen Worten verletzt hatte, fühlte sie sich nicht allzu niedergeschlagen. Traurig ja, aber die abgrundtiefe Verlorenheit und die absolute Hoffnungslosigkeit, die sie immer vernommen hatte, wenn es früher wieder einmal zwischen ihnen eskaliert war, waren

108

verschwunden. Sie würde sich von dieser Auseinandersetzung nicht unterkriegen lassen. Sie war nun stärker als noch vor einem halben Jahr und sie war nicht auf seine Liebe angewiesen, um ein glückliches Leben zu führen. Wenn er der Meinung war, dass sie einen Fehler gemacht hatte, dann war das sein Problem. In diesem Fall hatte Katie sich absolut nichts vorzuwerfen.

Mit einem tiefen Atemzug sammelte sie sich und drehte sich anschließend zur Haustür um, um nach den Kindern zu sehen und mit ihnen vor dem Schlafengehen noch ausführlich zu kuscheln und sich von ihrem Wochenende berichten zu lassen. Am kommenden Wochenende, nahm Katie sich vor, würden sie halt zu dritt ins Stadion zu einem Footballspiel gehen. Und da sie nun einmal im Herzen ein guter Mensch war und immer um Harmonie bestrebt, würde sie Clayton ebenfalls ein Ticket zukommen lassen. Sie wusste, dass ihr Vorschlag Clayton gegenüber gut und richtig gewesen war. Das sagte ihr auch ihr Bauchgefühl. Hoffentlich konnte er über seinen Schatten springen und sich ihnen im Stadion anschließen. Die Kinder würden sich wahnsinnig darüber freuen, dessen war Katie sich sicher.

# ZWÖLF

Bereits beim Frühstück bekamen die Kinder vor lauter Aufregung nichts herunter, was eine absolute Seltenheit war. Calvin quasselte in einer Tour von dem bevorstehenden Footballspiel und Katie hatte Mühe, ihm zu folgen und die beiden gleichzeitig zum Essen zu animieren.

Aber über der ganzen Aufregung des heutigen Tages hing eine dunkle Wolke. Clayton wollte sich ihnen partout nicht anschließen und einen Tag zu viert verbringen. Vor den Kindern versuchte Katie sich nichts anmerken zu lassen. Sie wusste ja, dass ihre Ehe vorbei war und hatte sich damit schon vor längerer Zeit arrangiert. Sie war an einem Punkt angekommen, an dem sie mit sich allein glücklich und ausgeglichen war und dafür nicht einen Partner benötigte, der sie rund um die Uhr aufmunterte. Dennoch hätte sie sich der Kinder wegen darüber gefreut, wenn sie und Clayton sich zumindest freundschaftlich verstehen könnten. Leider torpedierte er jeden ihrer Versuche, ihn dazu zu bringen sich ihr und den Kindern bei einer ihrer Unternehmungen anzuschließen. Der heutige Besuch des Footballspiels war nur der letzte einer ganzen Reihe von Annäherungen, die Clayton in den Wochen davor ausgeschlagen hatte. Doch dies war nicht der richtige Ort und Zeitpunkt, um sich weiter darüber den Kopf zu zerbrechen. Um sich und den Kindern nicht die Laune zu verderben, schüttelte sie sich innerlich und atmete anschließend tief durch, um sich von diesen Gedanken zu befreien und auf das anstehende Ereignis einzustimmen.

Tatsächlich schafften es Lani und Calvin dann doch noch, ihr Frühstück aufzuessen und sie konnten sich endlich auf den Weg zum Stadion machen. Calvin war früher schon öfter mit Clayton bei einem Spiel gewesen, als Lani noch zu klein gewesen war. Es hatte dem Kleinen immer viel Spaß gemacht, gemeinsam mit seinem Vater ihrer Heimmannschaft zuzusehen und dementsprechend aufgeregt war er heute. Noch gestern Abend vor dem Schlafengehen hatte er sein altes Trikot aus dem Kleiderschrank hervorgeholt. Leider war es ihm mittlerweile zu klein, ansonsten hätte er es über seinen Schlafanzug angezogen, um darin zu schlafen. Dass ihr Vater sie heute allerdings nicht begleiten würde, schien ihm tatsächlich nichts auszumachen. Oder er war sehr gut darin, es sich nicht anmerken zu lassen, mutmaßte Katie.

Es dauerte nicht lange und sie hatten ihre Sitzplätze auf der Tribüne erreicht. Da Katie voller Optimismus vier Tickets im Vorfeld besorgt hatte, in der Hoffnung, Clayton würde sie begleiten, blieb ein Platz neben ihnen in ihrer Sitzreihe leer. Die Kinder bemerkten dies nicht, zumindest sprachen sie Katie nicht drauf an, denn sie schauten bereits gebannt den Footballspielern beim Aufwärmen und dem Vorprogramm zu. Beide hatten sich am Einlass große Hände aus Schaumstoff geben lassen, die sie nun auf ihre deutlich kleineren Hände steckten und begannen, ihr Team noch vor dem Anpfiff anzufeuern, indem sie sie durch die Luft schwenkten.

Katie überlegte gerade, ob sie es noch schaffte, ihnen Snacks und Getränke zu besorgen, da hörte sie plötzlich ein freudiges Aufschreien von Calvin und Lani und sie drehte ihren Kopf in ihre Richtung.

»Daddy«, riefen sie beide gleichzeitig und Katie sah, wie Clayton sich durch ihre Sitzreihe vorbei an den anderen Zuschauern schlängelte, um zu ihnen zu gelangen. Auch er hatte ein Lachen im Gesicht und grinste die Kinder an, als er sich auf den freien Sitz neben Calvin niederließ. Ihr Sohn fiel ihm sofort um den Hals und auch Lani sprang von ihrem Sitz auf, um Clayton mit einer Umarmung zu begrüßen. Nachdem das erledigt war, sah Clayton mit einem leichten Lächeln zu Katie. »Hi.«

»Hallo, Clayton.« Katie musste kurz schlucken, um sich zu sammeln. Irgendwie überforderte sie die Situation und sie wusste nicht, wie sie damit umgehen sollte. Gerade hatte sie sich einigermaßen damit arrangiert, dass er sie doch nicht begleiten wollte und nun tauchte er ohne Vorankündigung hier auf. »Was machst du denn hier?«. Das klang schroffer, als sie beabsichtigt hatte und sie schloss schnell ihren Mund, um schlimmeres zu verhindern.

»Es tut mir leid«. Clayton sah sie zerknirscht an. »Ich hätte dich vorher fragen sollen, ob es in Ordnung ist, wenn ich doch mitkomme.«

Schnell schüttelte Katie ihren Kopf. Sie wollte nicht die Stimmung vermiesen, indem sie ihm nun Vorwürfe machte, dass er hier unangekündigt auftauchte, immerhin hatte sie ihm ein Ticket besorgt und ihn eingeladen. »Nein, ist schon in Ordnung. Wir sind nur überrascht, aber freuen uns, dass du es doch noch geschafft hast, nicht wahr, Kinder?«

Eifrig nickten Lani und Calvin und ihr Sohn zog an Claytons Arm, um ihm etwas auf dem Spielfeld zu zeigen. Clayton warf noch einen Blick zu Katie, bevor er sich seinem

112

Sohn zuwandte. Was genau sie in seinem Blick gesehen hatte, konnte Katie allerdings nicht sagen. War es Dankbarkeit? Wie kam es, dass Clayton doch noch seine Meinung geändert hatte? Als sie sich zum letzten Mal gesehen hatten, hatte er sie voller Abscheu zurückgewiesen und sie war sich sicher gewesen, dass er bei seiner Entscheidung bleiben würde.

Clayton sah Katie dankbar an, dass sie ihm vor den Kindern nicht den Kopf abgerissen und eine Szene gemacht hatte, weil er unangekündigt im Stadion aufgetaucht war, bevor er sich seinem Sohn zuwandte. Calvin hatte seinen Lieblingsspieler auf dem Spielfeld entdeckt und wollte ihn Clayton zeigen. Innerlich schüttelte er aber den Kopf. Natürlich würde ihm Katie keine Szene in aller Öffentlichkeit machen. Das hatte sie noch nie. Und nachdem sie einen Schritt auf ihn zugemacht und ihn zu diesem Footballspiel eingeladen hatte, wusste er, dass sie tatsächlich nicht auf ihn sauer war. Das hatte ihm auch Brad klargemacht, der ihm mächtig den Arsch aufgerissen hatte, nachdem Clayton ihm sein vermeintliches Leid geklagt hatte, wie Katie es wagen könnte, gemeinsam mit ihm und den Kindern etwas unternehmen zu wollen…

»Wie kann sie es wagen?«, wollte Clayton aufgebracht von Brad wissen und fuhr sich durch die Haare.

»Du bist so ein Arschloch, Clayton.«

»Wie bitte?« Völlig außer sich sah Clayton zu seinem Kumpel, der mit ausgestreckten Beinen gemütlich auf der Couch herumlungerte und in aller Ruhe einen Schluck aus seiner Bierflasche nahm.

»Du hast mich schon verstanden.«

»Was stimmt nicht mit dir, Alter?«

Nun setzte Brad sich doch auf, stellte seine Flasche auf dem Couchtisch vor sich ab und sah mit einem für seine Verhältnisse *ungewöhnlich ernsten Blick zu Clayton. »Was stimmt mit dir nicht? Seit Monaten heulst du dich bei mir aus, wie ungerecht alles ist, und schiebst Katie die Schuld dafür in die Schuhe. Nicht ein einziges Mal hast du darüber nachgedacht, wie es ihr geht. Du hast dich entschieden, dich von ihr zu trennen und bist anschließend ausgezogen, nicht Katie. Du hast alle zwei Wochen die Kinder für ein Wochenende, während sie nun quasi eine alleinerziehende Mutter ist, weil du das Handtuch geworfen hast. Und dann regst du dich auf, weil sie es angeblich wagt, etwas gemeinsam mit dir und den Kindern nach Monaten von Funkstille zwischen euch unternehmen zu wollen? Was ist los mit dir? So selbstbezogen und egoistisch kenne ich dich nicht. Wir reden hier immerhin von der Liebe deines Lebens. Deine Worte, Alter. Ich weiß noch, wie aufgeregt du mich angerufen und mich am Telefon angebrüllt hast, ,Sie hat ja gesagt!', als sie deinen Heiratsantrag angenommen hat.«*

*Das musste Clayton erst einmal sacken lassen. Während Brads Ansprache hatte er mehrmals den Mund geöffnet, um etwas zu entgegnen und alles abzustreiten, aber nun fehlten ihm die Worte. Mit einem tiefen Seufzer ließ er sich auf die Couch zurückfallen und fuhr sich mit seinen Händen über sein Gesicht. Es war noch nie vorgekommen, dass Brad ein solches Machtwort gesprochen hatte und das musste etwas bedeuten.*

*»Meinst du das ehrlich?«, wollte er von Brad mit rauer Stimme wissen.*

*»Ja«, antwortete dieser nur schlicht.*

*»Wie kommst du auf einmal darauf, Mann? Ich dachte, du stehst auf meiner Seite?«*

*»Das tue ich auch. Du weißt, du bist mein bester Kumpel. Aber ich habe mir Katies Seite angehört, weil ich mir nicht vorstellen konnte, dass sie all diese Sachen in der Art und Weise gemacht haben soll, wie du es mir erzählt hast. Ich kenne sie zwar nicht so gut wie dich, aber ein bisschen Menschenkenntnis habe ich schon.«*

*»Tja, sie ist halt ein gerissenes Biest.«*

114

»Alter, hörst du dir überhaupt selbst zu? Katie ist vieles, aber nicht gerissen und schon gar kein Biest.«

Darauf konnte Clayton nur ungläubig schnaufen.

»Clayton, Katie ist überfordert gewesen. Aber sie hat sich ihren Problemen gestellt und an sich gearbeitet. Ich sage ja gar nicht, dass sie immer alles richtig gemacht hat oder dass ihr Verhalten, was auch immer vorgefallen ist, in Ordnung war. Aber das war ihre Überforderung und nicht die Katie, wie wir sie kennen. Und das weißt du auch. Du hast sie einfach aufgegeben und den Kopf in den Sand gesteckt, um dich damit nicht auseinanderzusetzen.«

Verärgert sah Clayton zu Brad. »Ich habe sie nicht einfach aufgegeben! Meinst du, es ist mir leichtgefallen, auszuziehen, in dem Wissen, meine Kinder nur noch sporadisch zu sehen? Aber ich konnte nicht mehr. Jeden Tag aufs Neue hat sie mich fertig gemacht! Als hätte sie es darauf abgesehen, mich hinauszuekeln.«

Brad schüttelte nur seinen Kopf.

»Was?«, fragte Clayton ihn aufgebracht. Langsam kam er sich wirklich vor wie im falschen Film. Hatte sie allen Ernstes Brad aufgesucht? Warum hatte er nie etwas vorher gesagt? Und wie hatte sie es angestellt, dass sich sein bester Kumpel so von ihm abwandte?

Aber so war sie schon immer gewesen. Nach außen war sie die Unschuld in Person, zurückhaltend, immer höflich und freundlich. Aber hinter verschlossenen Türen hatte sie ihm das Leben zur Hölle gemacht. Nichts hatte sie noch glücklich gemacht, über alles und jeden hatte sie sich beschwert, ihn selbst ganz vorneweg. Er hatte es einfach nicht mehr ausgehalten, in ihrer Nähe auch nur einen Tag länger zu bleiben.

Brad nahm einen tiefen Atemzug und sprach mit ruhiger Stimme. »Katie war mit allem überfordert, Clay. Sie hätte deine Unterstützung und dein Verständnis gebraucht, stattdessen hast du sie hängen lassen, als es unbequem wurde. Sie hat sich von allein wieder aufgerafft, geht regelmäßig zur Therapie und meistert ihr Leben mit zwei kleinen Kindern ganz allein und souverän, während

115

*sie sich nebenbei eine eigene Existenz aufbaut und damit einen Traum erfüllt.«*

*Mit diesen Worten stand er von der Couch auf und wandte sich Richtung Wohnungstür. »Denk einfach mal über meine Worte nach, Alter. Du weißt, dass ich die Wahrheit sage. Wenn du den Kopf aus deinem Arsch gezogen hast, melde dich.«*

*Mit diesen Worten verließ er Claytons Wohnung und ließ ihn sprachlos zurück.*

Brads Worte konnte Clayton so nicht stehen lassen. Seine Anschuldigungen hatten einiges bei ihm in Gang gesetzt und er fragte sich, ob er Katie Unrecht getan hatte. Aber er war doch live dabei gewesen und hatte alles hautnah miterlebt. Er war der Leidtragende von Katies Verhalten gewesen. Andererseits hatte Brad sehr eindringlich mit ihm gesprochen und Clayton wusste, dass er dies nur tat, wenn es wirklich ernst war. Auch wenn er sich sehr schwer damit tat, wollte er seinen Worten zumindest ein bisschen Glauben schenken. Aus diesem Grund war er heute hier im Footballstadion, um sich mit eigenen Augen davon zu überzeugen, dass Katie nicht nur eine Show vor seinem Kumpel abgezogen und sich tatsächlich verändert hatte. Ein Vertrauensvorschuss sozusagen, dass war er Brad und vielleicht auch Katie schuldig.

Außerdem tat es ihm gut mitanzusehen, wie viel Spaß Calvin und auch Lani bei ihrem Stadionbesuch hatten. Er war in den vergangenen Jahren öfter zusammen mit Calvin bei Heimspielen gewesen und wusste, wie sehr sein Sohn der Sport begeisterte. Schon jetzt war er froh, dass er sich aufgerafft hatte und zu den Dreien gestoßen war.

In der Pause quengelte Lani, dass sie auf Toilette musste und Katie machte sich gemeinsam mit ihr auf den Weg. Als die beiden zu ihren Plätzen zurückkamen, fragte Clayton in die Runde, ob er ihnen ein paar Getränke und Snacks besorgen sollte. Voller Freude wurde er nicht nur von Calvin und Lani sondern auch von Katie begrüßt, als er wieder bei ihnen angekommen war. Alle drei machten sich sofort mit Eifer über die Hotdogs her und auch er ließ es sich schmecken. Er lehnte sich in seinem Sitz zurück und warf einen Blick auf die drei vor Freude strahlenden Gesichter neben sich.

Ja, es war definitiv die richtige Entscheidung gewesen, hier heute mit ihnen zusammen das Spiel anzusehen.

Die Kinder waren sofort im Auto eingeschlafen, nachdem sie sich von der Pizzeria auf den Weg nach Hause gemacht hatten. Der aufregende Tag zollte nun seinen Tribut, dachte Katie mit einem Lächeln im Gesicht, als sie Lani aus ihrem Sitz herausholte und auf den Arm nahm.

Clayton war ihnen trotz Katies wohlmeinender Proteste nach Hause gefolgt, da er ihr unbedingt helfen wollte, die Kinder nach diesem anstrengenden Tag ins Bett zu bringen. Gerade war er dabei, Calvin abzuschnallen und ebenfalls aus dem Auto zu heben. Gemeinsam trugen sie in stillem Einvernehmen die Kinder ins Haus und die Treppe nach oben in ihre jeweiligen Schlafzimmer. Während sie Lani auf ihrem Bett ablegte und behutsam die Kleidung auszog, um ihr anschließend ihren Schlafanzug anzuziehen, hörte sie leise Stimmen aus Calvins Zimmer. Ihr Sohn musste beim Hereintragen aufgewacht sein und unterhielt sich nun mit seinem Vater.

Katie wusste nicht, was sie von Claytons heutigen Verhalten halten sollte. Sie hatten zwar nur wenig miteinander geredet und wenn sie es taten, ging es meistens um die Kinder oder das Spiel oder was sie essen wollten, aber es war durchgängig friedvoll vonstattengegangen. Wann sie das letzte Mal so lange beisammen waren, ohne dass ein anschuldigendes oder vorwurfsvolles Wort gefallen war, konnte sie gar nicht mehr sagen.

Mit einem Lächeln im Gesicht deckte sie ihre Tochter zu und beugte sich anschließend zu ihr hinunter, um ihr einen Kuss auf die Wange zu geben. Dann schaltete sie das Nachtlicht an und ging leise aus ihrem Zimmer. Ein Blick in Calvins Zimmer zeigte ihr, dass er ebenfalls bereits im Schlafanzug in seinem Bett lag. Clayton hatte es sich neben ihm gemütlich gemacht und las ihm nun noch aus seinem aktuellen Buch etwas vor. Da die beiden so vertieft in das Buch waren, ging Katie leise die Treppe nach unten. In der Küche angekommen, schaltete sie den Wasserkocher ein, um sich einen Tee zu machen. Da sie wusste, dass Clayton auch abends gerne noch Kaffee trank, bereitete sie ihm eine Tasse an ihrem Vollautomaten zu. Anschließend trug sie beides ins Wohnzimmer und setzte sich auf die Couch. Sie bemerkte ihre müden Knochen, als sie sich in die Lehne zurückfallen ließ. Auch für sie war der Tag zwar schön, aber auch lang und anstrengend gewesen. Mit einem tiefen Seufzer zog sie ihre Beine auf die Couch und schloss für einen Moment die Augen.

Sie hatte noch gar nicht lange so dagelegen, da stieß Clayton bereits zu ihr. Sie wollte sich gerade aufsetzen, um nicht unhöflich zu erscheinen, immerhin war er jetzt ja irgendwie ein Gast in ihrem Haus, aber er winkte ab und ließ sich ebenfalls mit einem Seufzen im Sessel nieder, der schräg gegenüber der Couch stand.

»Bleib liegen. Ich weiß ja, wie anstrengend der Tag war«, meinte er mit einem kleinen Lächeln und griff dankbar nach der Kaffeetasse, die sie auf dem Couchtisch abgestellt hatte.

»Das war er tatsächlich. Aber auch sehr schön.« Katie nahm ebenfalls einen Schluck aus ihrer Tasse. »Schläft Calvin schon? Ich hatte euch noch beim Lesen gesehen, bevor ich hinunter gegangen bin.«

118

»Ja, er ist nach nicht einmal einem Kapitel direkt eingeschlafen.« Clayton lehnte sich in seinem Sessel zurück und fuhr sich mit den Händen über sein Gesicht. Katie bemerkte, wie müde und abgespannt er aussah, sagte aber nichts. Die Stille zwischen ihnen sollte ihr merkwürdig vorkommen nach den vielen Monaten, in denen sie sich nur feindselig miteinander unterhalten hatten. Erstaunlicherweise war sie es aber nicht.

Nach einem kurzen Augenblick begann Clayton wieder zu sprechen: »Danke für den schönen Tag, Katie.«

Da sie nicht wusste, was sie darauf antworten sollte, hielt sie sich kurz. »Gern geschehen.«

»Ich sollte mich langsam auf den Weg machen.«

Wieder wusste Katie nicht, was sie auf Claytons Worte sagen sollte. Diese Situation war für sie vollkommen neu. Wie ging man mit seinem ehemaligen Partner um, der einen monatelang nur feindselig gegenübergetreten war? War das ihr neuer Normalzustand? Würden sie sich jetzt für die Kinder endlich zusammenraufen und friedlich miteinander umgehen?

Diese Fragen schienen sich heute Abend allerdings nicht mehr beantworten zu lassen, denn in diesem Moment stellte Clayton seine leere Tasse vor sich auf den Tisch und stand auf. Katie tat es ihm gleich, um ihn zur Tür zu bringen und hinter ihm abzuschließen.

An der Tür drehte Clayton sich zu ihr um und gab ihr einen kleinen Kuss auf die Wange. »Gute Nacht, Katie. Schließ hinter mir ab.« Anschließend drehte er sich um und ging zu seinem Wagen. Völlig perplex schaute Katie ihm hinterher, bevor sie leicht den Kopf schüttelte, um sich aus ihrer Trance zu befreien. Sie schloss die Tür und drehte den Schlüssel um, bevor sie die Treppe hinaufstieg und ebenfalls ins Bett ging.

# DREIZEHN

*Vier Wochen später*

Clayton betrat sein Appartement und augenblicklich überkam ihn schlechte Laune, sodass er am liebsten sofort wieder kehrtgemacht hätte. Er hatte sowas von die Nase voll von seiner aktuellen Wohnsituation. Es war unpersönlich, steril und was für ihn am Schlimmsten war: Es war komplett still. Kein Gekicher von seinen Kindern war zu hören, kein Getrappel auf der Treppe von ihren kleinen Kinderfüßchen, kein Gesumme von Katie, während sie in der Küche stand und einen Kuchen backte oder das Abendessen vorbereitete.

Nach ihrem gemeinsamen Tag, den sie mit einem ausführlichen Picknick und Ballspielen im Park bei überraschend mildem Wetter verbracht hatten, und der ihm wie so häufig in letzter Zeit bei ihren Unternehmungen zu viert unglaublich viel Spaß gemacht hatte, traf es ihn besonders hart. Er hatte schon längst vergessen, warum er überhaupt aus dem gemeinsamen Haus ausgezogen war. Jedes Mal, wenn er Katie und die Kinder nach einem ihrer gemeinsamen Ausflüge nach Hause brachte, fiel es ihm noch schwerer, wieder in sein Auto zu steigen und in dieses vermaledeite Appartement zu fahren. Es brach ihm das Herz, Calvin und Lani in der Haustür stehen zu sehen und ihm hinterherzuwinken, während er davonfuhr. Von Katies traurigem und gleichzeitig mitfühlendem Blick, so als ob sie genau wusste, was in ihm in dem Moment vorging, ganz zu schweigen.

Brad hatte Recht gehabt. Er war ein Arschloch. Katie so mit allem allein zu lassen, war einfach nur egoistisch gewesen. Aber er war wirklich davon ausgegangen, dass es ihm besser gehen würde, wenn er all das Drama und die vielen Auseinandersetzungen hinter sich lassen und sich voll auf seine Karriere konzentrieren könnte. Zu Beginn der Trennung war das auch der Fall gewesen.

Aber was hatte er nun davon? Ein leeres Appartement, seine Kinder, die er nur noch jedes zweite Wochenende sah und einen Job, der ihm mit jedem Tag weniger Freude bereitete, sodass das Aufstehen ihm morgens unheimlich schwerfiel. Anastacia, mit der er eine Affäre begonnen hatte, um sich über all das Drama mit Katie hinwegzutrösten, hatte er seit Wochen schon nicht mehr gesehen. All ihre Kontaktversuche hatte er direkt im Keim erstickt und ausgeschlagen, da ihm der Sinn nach ihr absolut nicht mehr stand. Heute fragte er sich, was er überhaupt an ihr gefunden hatte. Sie konnte Katie bei weitem nicht das Wasser reichen. All diese Überlegungen führten dazu, dass er sich noch mieser fühlte als eh schon und noch tiefer in seinem Selbstmitleid versank.

Mittlerweile wusste er, dass er Katie zutiefst Unrecht getan hatte. Während sie sich nach der Trennung Hilfe gesucht und an sich gearbeitet hatte, hatte er sich in Selbstmitleid gewälzt. Er hatte ihr die Schuld für das Scheitern ihrer Ehe zugeschoben. Und anstatt gemeinsam mit ihr nach einer Lösung zu suchen, wie sie diese schwierige Zeit bewältigen und gestärkt als Paar aus ihr heraustreten konnten, hatte er sich aus dem Staub gemacht.

Heute fragte er sich, wie er so engstirnig und stur gewesen sein konnte. Warum er die Situation so verklärt wahrgenommen hatte. Er vermisste Katie mit jeder Faser seines Seins und schalt sich dafür, sich überhaupt von ihr getrennt zu haben. Das hier war schließlich die Liebe seines Lebens. Leider hatte es erst Brads deutliche Ansprache benötigt, um sich das wieder ins Gedächtnis zu rufen.

Eines stand fest, so ging es nicht weiter. Er musste sich dringend etwas überlegen, wie er wieder in ihr gemeinsames Haus einziehen könnte. Und natürlich musste er vorher Katie für sich zurückgewinnen. Wahrscheinlich musste er gehörig bei ihr zu Kreuze kriechen. Das würde definitiv kein einfaches Unterfangen werden. Wer wusste schon, ob Katie ihn überhaupt zurückhaben wollte. Jetzt, wo sie ihr Leben komplett auf den Kopf gestellt und umgekrempelt hatte und sich mit ihrer eigenen Bäckerei selbst verwirklichte, strahlte sie geradezu aus sich heraus, was ihre natürliche Schönheit unterstrich. Das neu gewonnene Selbstbewusstsein strömte ihr förmlich aus den Poren, wenn sie der Kinder zu liebe gemeinsam Zeit verbrachten. Er liebte immer noch ihr munteres und gelöstes Lachen, was er, wie er sich in diesem Moment eingestehen musste, nach der Trennung sehr vermisst hatte, aber in letzter Zeit wieder häufiger zu hören bekommen hatte. Bei dem Gedanken daran begann sein Herz schneller zu schlagen und etwas zog sich in seinem Inneren schmerzhaft zusammen. Abwesend strich er mit einer Hand über seine Brust. War das Sehnsucht, was er in sich verspürte? Er war unheimlich stolz auf sie, wenn er daran dachte, was sie in den letzten Wochen und Monaten alles allein auf die Beine gestellt hatte. Ob ihr mal jemand gesagt hatte, dass sie wirklich Großartiges leistete? Früher wäre das seine Aufgabe gewesen.

Wie also konnte er sie von seiner Absicht, zu ihr und den Kindern zurückzukehren, und vor allem von seiner Reue überzeugen? Wie konnte er ihr beweisen, dass auch er sich geändert hatte und sie nicht mehr allein lassen würde, sowohl bei den täglichen Verpflichtungen als auch in ihrer Beziehung. Eine ganz besonders ausgefallene und überzeugende Lösung musste her. Clayton nahm sich sein Tablet von der Konsole und machte es sich auf der Couch bequem, um mit seiner Recherche zu beginnen. Viel Zeit durfte er sich dabei nicht lassen, bevor es zu spät war und sie beide keine Chance mehr auf eine gemeinsame Zukunft hatten.

»Hallo, ist hier jemand?«

»Daddy!« Lani sprang mit einem Leuchten in ihren Augen auf und rannte aus dem Lagerraum hinaus in die Richtung, aus der die Stimme von Clayton gerade kam. Es war Sonntagvormittag und Katie hatte ihre Kinder gefragt, ob sie ihr beim Einräumen der Vorräte, die am Freitag für die Bäckerei geliefert worden waren, helfen wollten. Beide hatten bereitwillig zugestimmt und sie hatten in der halben Stunde, die sie bereits hier waren, einiges geschafft. In den letzten Minuten hatte sie aber eine rapide abnehmende Begeisterung und zunehmende Langeweile bei Lani verspürt, auch wenn die Kleine versucht hatte, sich das nicht anmerken zu lassen und fleißig mitgeholfen hatte. Da war es kein Wunder, dass sie bei dem kleinsten Anzeichen einer Pause und Ablenkung begeistert aufsprang.

Nur, was machte Clayton so unangekündigt hier?

Katie stand von ihrer am Boden knienden Position auf und klopfte sich den Staub von den Beinen. Wie es so üblich war, waren die Mehl- und Zuckersäcke nicht ganz sauber und einiges davon hatte sich beim Ausräumen aus den Kisten und beim anschließenden Einräumen in die Regale auf ihrer Kleidung angesammelt. Aber da es sich nur um Clayton handelte, war es ihr ziemlich egal, wie sie aussah. Sie schämte sich nicht, sich für die Erfüllung ihres Traumes dreckig zu machen. Und aus der Phase, dass sie ihn mit ihrem Aussehen beeindrucken wollte, waren sie schon lange raus. Ganz im Gegenteil, es interessierte sie überhaupt nicht, was er von ihr dachte.

Als sie aus dem Lager in den kleinen Flur trat, hatte Lani ihren Vater bereits an die Hand genommen und zerrte ihn nun in Richtung des hinteren Bereichs. Calvin war seiner Schwester bereits gefolgt und sagte ihm nun ebenfalls freudestrahlend Hallo.

Als die drei vor Katie zum Stehen kamen, begrüßte auch sie ihn. »Clayton, was für eine Überraschung. Was machst du hier?«

Clayton sah sie mit einem leichten Lächeln im Gesicht an. Das war immer noch neu und ungewohnt für sie nach den vielen negativen Vorkommnissen, die zwischen ihnen standen. Katie musste schlucken und die widersprüchlichen Gefühle, die sie völlig unerwartet bei seinem Anblick trafen, niederzwingen. Sie wusste nicht, was sie von seinem Verhalten denken sollte und das machte sie nervös. »Ich war bei euch zu Hause, aber es hat keiner aufgemacht. Da dachte ich mir, dass ihr bestimmt fleißig mit der Vorbereitung beschäftigt seid und ich euch hier treffe. Es dauert ja nun nicht mehr lange bis zur Eröffnung, oder?«

»Da hast du recht, am nächsten Samstag ist es soweit.«

124

»Das Geschäft sieht wirklich toll aus. Man sieht ihm an, wie viel Herzblut und Zeit du hier hineingesteckt hast, Katie.«

Überrascht von dem unerwarteten Lob aus Claytons Mund war Katie zunächst sprachlos. »Ähm, danke.«

»Bist du zufrieden mit den Fortschritten, die du gemacht hast?«, wollte er aufmerksam von ihr wissen.

»Ja, doch, das bin ich.« Katie war an so viel Interesse von ihm nicht mehr gewöhnt und wurde zunehmend skeptisch, was er damit und mit seinem unangekündigten Besuch hier beabsichtigte. Verfolgte er eine höhere Absicht, die sich ihr in diesem Moment noch nicht erschließen wollte?

»Komm, Daddy! Ich zeige dir alles.« Lani zerrte an Claytons Hand und zog ihn mit sich in die Küche. »Hier ist die Küche, in der Mommy all die vielen leckeren Sachen backen kann. Aber jetzt noch nicht. Sie hat nämlich noch keine Zutaten. Also die hat sie schon, aber erst seit ein paar Tagen und die müssen wir erst auspacken und in die Regale stellen, bevor Mommy sie benutzen kann. Bist du hergekommen, um zu helfen?« Lani plapperte in einer Tour und ohne Luft zu holen. Katie war bei ihrer letzten Frage an Clayton still geworden und wartete nun gespannt auf seine Antwort.

»Das bin ich in der Tat, mein Schatz. Was soll ich tun?«

Die Überraschungen am heutigen Tag nahmen kein Ende. In diesem Moment drehte Clayton sich zu ihr um und sah sie fragend an. »Du möchtest wirklich helfen?«, fragte sie ihn mit hochgezogenen Augenbrauen. Meinte er das wirklich ernst?

»Klar, warum nicht, wenn ich schon einmal da bin.«

»Ok, na dann gern. Es müssen noch die Wandleuchten im Verkaufsraum angebracht werden und der Schreibtisch für das Büro muss auch noch aufgebaut werden.«

»Dann fange ich mal mit dem Bohren an, bevor wir gleich in der Mittagszeit keinen Krach mehr machen dürfen. Wer von euch beiden ist mein Assistent und wer hilft Mommy im Lager beim Einräumen weiter?«

Die Kinder sahen sich unschlüssig an. Offensichtlich wollten sie beide lieber Zeit mit ihrem Vater im lichtdurchfluteten Verkaufsraum verbringen, als mit ihr in dem kleinen dunklen Lagerraum.

Katie musste sich ein Schmunzeln verkneifen. »Das ist in Ordnung, ihr könnt beide eurem Vater assistieren. Ich kann die Sachen allein weiter einräumen.«

Die Kinder strahlten, während Clayton sich erneut an sie wandte. »Alles klar. Wo finde ich das Werkzeug?«

Katie zeigte ihm den Weg in das Büro, welches als Zwischenlager für das Werkzeug diente, da sie sich diesen Raum als letztes vorgenommen hatte und er somit noch nicht eingerichtet war. Anschließend schnappte sie sich ihr Handy und ihre Dockingstation und ging in den Lagerraum zurück, wo sie sich ihre Lieblingsmusik anstellte und wieder daran machte, die Kisten mit den verschiedenen Vorräten an ihren entsprechenden Ort auf den Regalen zu stellen.

Was Claytons Anwesenheit und seine Hilfsbereitschaft zu bedeuten hatte, darüber wollte sie nicht weiter nachdenken und verbannte jeglichen Gedanken daran in ihren Hinterkopf, während sie sich wieder auf ihre Arbeit zu konzentrieren versuchte.

Katie stand leise vor sich hin summend im Lager und verteilte die diversen Zutaten auf die Regalbretter. Clayton musste schmunzeln, wie er sie so vertieft in ihre Aufgabe dort vorfand. Wie er sich jemals von ihr hatte abwenden können, war ihm in diesem Moment absolut nicht begreiflich. Katie war einfach wunderbar, so natürlich und selbstlos in ihrer Art, dass man sie einfach mögen musste. Sie strahlte auf diese besondere und für sie so eigene Art geradezu aus sich heraus und es war ihr noch nicht einmal bewusst.

»Das war schon immer eines deiner Lieblingslieder, bei dem du immer mitsummen musstest.« Bei seinen Worten drehte sich Katie erschrocken zu ihm um.

»Clayton, musst du dich so anschleichen?« Clayton sah, wie sie sich eine Hand auf die Brust legte und versuchte, ihren Atem wieder zu beruhigen.

»Es tut mir leid.« Reumütig grinste er sie an. »Ich hätte mir denken können, dass du mich nicht kommen hörst, wenn du so vertieft in deine Arbeit und die Musik bist.«

»Ist schon in Ordnung.« Sie wollte sich wieder ihrer aktuellen Tätigkeit im Regal widmen, bei der er sie eben unterbrochen hatte, als sie sich noch einmal an ihn wandte. »Wolltest du etwas bestimmtes? Brauchst du etwas?«

»Nein, alles in Ordnung. Die Lampen hängen. Die Kinder haben wirklich super geholfen. Übrigens sind das wirklich schicke Lampen. Sie passen toll zu der restlichen Einrichtung. Du hast wirklich ein Händchen für so etwas.«

Sie war erneut überrascht von diesem unerwarteten Lob und sah ihn an, sagte aber nichts. Stattdessen knabberte sie auf ihrer Unterlippe herum. Wie er von früher wusste, was das ein Zeichen, dass sie nervös war und nicht wusste, wie sie mit der Situation umgehen sollte. Um es ihr leichter zu machen, sprach er weiter. »Ich wollte mich noch einmal bei dir für den schönen Tag gestern bedanken. Es hat wirklich Spaß gemacht, etwas mit dir und den Kindern gemeinsam zu unternehmen.«

»Fand ich auch«, kam ihre verzögerte und leise Antwort. Sie schien tatsächlich nicht zu wissen, wie sie auf ihn und seine Worte reagieren sollte. Bei ihren gemeinsamen Ausflügen in letzter Zeit waren sie zwar nicht gerade ungezwungen, aber doch freundlich miteinander umgegangen. Außerdem hatte fast ihre gesamte Aufmerksamkeit auf Calvin und Lani gelegen, sie selbst hatten kaum direkt miteinander gesprochen. Daher war es nicht verwunderlich, dass Katie diese Unterhaltung, ganz zu schweigen von seinem überraschenden Auftauchen in der Bäckerei und seiner Hilfsbereitschaft, unsicher und nervös machte. So zivilisiert und offen waren sie schon lange nicht mehr miteinander umgegangen. Der Gedanke stimmte Clayton plötzlich sehr traurig.

Um sich davon abzulenken und es Katie nicht weiter unnötig schwer zu machen, nickte er ihr aufmunternd zu und wandte sich Richtung Büro. »Ich möchte dich nicht weiter von deiner Arbeit abhalten und mache mich jetzt mal daran, deinen Schreibtisch aufzubauen.« Mit einem letzten Lächeln in ihre Richtung ging er aus dem Lager und rief nach den Kindern, die sich noch im vorderen Teil der Bäckerei befanden und angefangen hatten, Fangen um die Verkaufstheke herum zu spielen.

# VIERZEHN

Verwundert blickte Katie auf Claytons Wagen, der in ihrer Einfahrt stand. Sie wusste nicht, dass er heute herkommen wollte. Hatte sie in all der Aufregung und Hektik, die die letzten Tage vor der Eröffnung der Bäckerei mit sich brachten, eine Verabredung mit ihm vergessen? Hoffentlich wurde er nicht allzu sauer, wenn er ihr bei der Begrüßung ansah, dass sie sein Kommen verdrängt hatte.

Nachdem sie ihren eigenen Wagen neben Claytons geparkt hatte, half sie Lani beim Aussteigen. Calvin war mal wieder flink wie ein Wirbelwind und rasend schnell aus dem Auto gestiegen, nachdem auch er entdeckt hatte, dass sein Vater hier war. Da sie Clayton vor dem Haus nirgendwo entdecken konnte, nahm sie ihre und die Sachen der Kinder aus dem Kofferraum und ging in Richtung Haustür. Calvin wartete schon ungeduldig davor, aber auf sein Klingeln schien Clayton nicht zu reagieren, denn die Haustür blieb weiterhin verschlossen. Also kramte Katie ihren Schlüssel aus den Tiefen ihrer Tasche hervor und schloss auf.

Im Flur angekommen, stieg ihr sofort ein köstlicher Geruch von Tomaten, Kräutern und Knoblauch in die Nase. Hatte Clayton etwa seine berühmte Bolognese gekocht nach dem Rezept seiner Granny, die dieses aus Italien bei ihrer Einwanderung mitgebracht hatte? Sofort floss ihr das Wasser im Mund zusammen und ihr Magen knurrte in freudiger Erwartung auf die köstlichen Spaghetti, die es offensichtlich heute zum Abendessen geben würde. Sie war auf froh darüber, sich heute nicht mehr Gedanken darüber machen zu müssen, was es zum Essen geben würde. Skeptisch blieb sie aber weiterhin. Dass Clayton einfach so bei ihnen zu Hause auftauchte und auch noch Essen kochte, sah ihm überhaupt nicht ähnlich.

Die Kinder waren mittlerweile weiter ins Haus vorgedrungen und riefen nach ihrem Vater. Katie stellte ihre Sachen im Flur ab und folgte ihnen anschließend. Als sie ins Wohnzimmer kam, bemerkte auch sie die offene Terrassentür, durch die Lani und Calvin gerade nach draußen gingen. Sie hatten ihren Vater offensichtlich gefunden. Katie ging weiter und konnte ihren Augen kaum trauen.

Clayton lief nur in seine dunklen Nike-Shorts bekleidet und barfuß durch den Garten und mähte den Rasen. Dank der sehr warmen Temperaturen und der späten Nachmittagssonne, die auf ihn schien, hatte sich ein feiner Schweißfilm auf seiner gebräunten Haut angesammelt. Katie wunderte sich unbewusst, warum ihr Mund plötzlich so trocken war, während sie gebannt seinen Anblick in sich aufnahm. Die Kinder waren mittlerweile bei ihm angekommen und begrüßten ihn freudestrahlend. Clayton stellte den Rasenmäher ab und beugte sich grinsend zu ihnen hinunter. Calvin wuschelte er zur Begrüßung durchs Haar, was ihr Achtjähriger halb freudig halb peinlich berührt über sich ergehen ließ. Lani bekam einen Kuss auf die Stirn und wurde

130

einmal in die Luft geworfen, was die Kleine mit einem fröhlichen Quietschen begrüßte. Anschließend wandte Clayton seinen Blick in Katies Richtung, die noch immer wie gebannt im Türrahmen stand und zu den Dreien blickte.

Wem machte sie hier eigentlich etwas vor? Ihren Kindern hatten sie nicht einen Blick geschenkt, seitdem sie Clayton nur halb bekleidet in ihrem Garten entdeckt hatte. Ihr Exmann war nach all den Jahren, die sie sich kannten, noch immer unheimlich gut gebaut und wirklich nett anzusehen.

Ertappt schüttelte sie sich, um sich von diesen Gedanken zu befreien. In diesem Augenblick kam Clayton bereits auf sie zugelaufen. In seinem Gesicht konnte sie ein kleines Lächeln entdecken, aber auch einen Hauch Unsicherheit. Das kannte sie von ihm überhaupt nicht.

»Hallo, Katie. Entschuldige bitte, dass ich hier so unangekündigt bei euch aufgetaucht bin«, begrüßte er sie mit einem Kuss auf die Wange. Die Stelle, die er nur einen Sekundenbruchteil mit seinen Lippen berührt hatte, kribbelte noch immer, nachdem er bereits wieder einen Schritt zurückgetreten war. Seine Worte unterstrich er mit einem reumütigen Grinsen, welches sie noch von früher allzu gut kannte, in den letzten Jahren aber nicht mehr zu Gesicht bekommen hatte.

»Schon in Ordnung. Es ist ja auch noch dein Haus.« Sie war so perplex, dass die Worte selbst in ihren Ohren sehr angespannt und hölzern klangen. »Was machst du hier?«, fragte sie ihn, aber auch diese Worte klangen kaum besser. Sein überraschendes Auftauchen, dass er den Rasen einfach so mähte und zu guter Letzt auch noch seine Entschuldigung ließen sie mehr als aufgewühlt zurück. Von seinem Aussehen ganz zu Schweigen.

Clayton schien sich davon allerdings nicht beirren zu lassen. Noch immer hatte er dieses Grinsen im Gesicht,

131

während er sich mit einer Hand durch die Haare strich und einen Blick durch den Garten schweifen ließ. Die verstrubbelten Haare gaben ihm einen verwegenen Ausdruck. Wie nebenbei nahm sie wahr, wie sich die Muskeln in seinem Oberarm bei dieser Bewegung anspannten. Das Ziehen und Kribbeln tief in ihrem Innersten versuchte sie rigoros zu ignorieren. »Ich dachte mir, ich überrasche euch mit einem Abendessen. Ich weiß doch, wie viel du zurzeit um die Ohren hast und dass du vor lauter Aufregung und Stress bestimmt nicht den Kopf hast, dich um alles zu kümmern. Ich wollte dir wenigstens eine kleine Sache abnehmen. Und als ich gesehen habe, dass der Rasen mal wieder gemäht werden könnte, habe ich kurzerhand den Rasenmäher aus dem Gartenhaus hervorgekramt. Ich bin auch so gut wie fertig, dann mache ich mich aus dem Staub und ihr könnt in Ruhe essen.«

Noch vor ein paar Monaten hätte sie seine Worte als Kritik aufgefasst. Kritik, dass sie unfähig sei, sich um die Kinder und das Haus zu kümmern und sich und ihre eigenen Interessen an erste Stelle setzen würde. Heute wusste sie aber, dass Clayton seine Worte so überhaupt nicht meinte, sondern einfach nur aufmerksam und hilfsbereit war. Was für eine Entwicklung, die ihr gerade noch einmal bewusst wurde!

»Möchtest du nicht mit uns mitessen?«, fragte sie ihn daraufhin. »Ich könnte den Tisch hier draußen decken, während du zu Ende mähst. Dieses schöne Wetter sollten wir ausnutzen.«

Mit einem Lächeln wandte sich Clayton auf ihre Frage hin ihr wieder zu. »Wenn du sicher bist, sehr gerne. Ich würde vorher nur einmal kurz unter die Dusche springen, wenn das okay ist.«

»Selbstverständlich. Ich bin mir sicher, es liegen auch noch ein paar frische Sachen von dir im Kleiderschrank.«

132

Mit einem freundlichen Nicken wandte Clayton sich wieder von ihr ab und ging zum Rasenmäher zurück. Katie drehte sich ebenfalls mit einem tiefen Seufzer in Richtung Haus, um die letzten Vorbereitungen für ihr gemeinsames Abendessen zu treffen. Die unangebrachten Gedanken über Clayton versuchte sie dabei zu verdrängen. Er war hier, weil er ihr eine Freude machen und die Kinder sehen wollte, mehr nicht, schalt sie sich innerlich. Ihr dummes Herz schien das allerdings wenig zu interessieren, denn es pochte unaufhaltsam aufgeregt weiter in ihrer Brust.

Clayton wusste, dass er Katie ziemlich überrascht hatte mit seinem heutigen Auftauchen und Verhalten. Als er sich nach einer flinken Dusche ein frisches T-Shirt und eine Shorts aus ihrem ehemals gemeinsamen Kleiderschrank herausholte, musste er an ihr Gesicht denken, das Bände gesprochen hatte. Ihren Blick auf ihn zu interpretieren, ließ sich allerdings nicht so leicht bewerkstelligen. War das etwa Interesse gewesen, was er in ihren Augen hatte aufblitzen sehen, als sie den Blick über ihn schweifen gelassen hatte? Sein Herz machte einen freudigen Hüpfer bei diesem Gedanken, aber im selben Augenblick mahnte er sich direkt zur Geduld. Er wusste, dass Katie zurzeit sehr vereinnahmt war mit ihrem neuen Geschäft. Da wollte er nicht unbedingt mit zusätzlicher Aufregung beisteuern, in dem er ihr seine Gefühle und Absichten wie aus dem Nichts mitteilte.

Allerdings legte er sich in letzter Zeit mächtig ins Zeug, um ihr zu zeigen, wie reumütig er war und wie sehr er es bereute, sich von ihr getrennt zu haben. Den heutigen Abend hatte er aus einer Intuition heraus geplant. Es stimmte, als er Katie vorhin gesagt hatte, dass er sie gerne unterstützen wollte und ihr die Last zumindest von einem oder auch zwei Abendessen abnehmen wollte, indem er sich darum kümmerte. Das

Rasenmähen war tatsächlich von ihm im Voraus geplant gewesen, weil er wusste, wie sehr sie das freuen würde, wenn er das für sie erledigte. Dass ihm dabei so heiß werden würde und er sich sein Shirt hatte ausziehen müssen, war allerdings nicht beabsichtigt gewesen, auch wenn es seinen gewünschten Erfolg mit sich gebracht hatte. Mit einem Grinsen dachte er an Katies Blicke und ihr nervöses Schlucken.

Als er sich seiner Familie – denn das waren sie trotz der Trennung immer noch, und wenn es nach ihm ging, würden sie es bald auch offiziell wieder sein – zum Abendessen auf der Terrasse anschloss, saßen die beiden Kinder bereits erwartungsvoll am Tisch.

»Daddy, deine Spaghetti hat es ja ewig nicht gegeben!«, rief Calvin laut aus, als Clayton sich an den Tisch ihm gegenübersetzte.

»Na dann ist es doch schön, dass wir heute mal wieder in ihren Genuss kommen dürfen.« Katie stellte gerade zwei Teller vor Lani und Calvin ab, als sie diese Worte ruhig an ihren Ältesten richtete. Er liebte diese harmonische und schlichtende Art an ihr. Wie hatte er sie in letzter Zeit vermisst! Er schalt sich selbst einen Idioten dafür, dass er sie für dieses Verhalten verurteilt hatte. Aber da er schon genug von Reue erfüllt gewesen war und diesen lauen friedvollen Abend im Kreise seiner Familie einfach nur genießen wollte, besann er sich darauf, dass Einsicht der erste Weg zur Besserung war und nahm Katie dankend die nächsten beiden Teller ab. Anschließend goss er ihnen beiden etwas von dem Weißwein ein, den er im Kühlschrank deponiert hatte, als er hier heute Nachmittag unangemeldet aufgeschlagen war. Katie zog überrascht die Augenbrauen hoch, dankte ihm aber nur mit einem milden Lächeln, ohne etwas zu sagen.

Nachdem er die Flasche abgestellt hatte, erhob er sein Glas und prostete ihr zu. »Auf dich, Katie! Möge deine Bäckerei ein voller Erfolg werden!«, sprach er ihr ernst zu.

Katie schien erneut überrascht zu sein und es dauerte einen Moment, bis sie sich gefangen hatte. Er sah, dass sie merklich schluckte und versuchte, ihre Mimik unter Kontrolle zu bekommen, bevor sie antwortete: »Danke dir.« Offensichtlich war sie unangenehm berührt und wusste nicht, wie sie mit der Situation umgehen sollte, da sie ihre Aufmerksamkeit sofort von ihm auf die Kinder richtete. »Dann lasst es euch mal schmecken. Habt ihr eurem Vater schon für das leckere Abendessen Danke gesagt?«

»Danke, Daddy!«, ertönte es daraufhin schmatzend von den beiden, die bereits die Backen voll hatten. Clayton grinste sie an und ließ es sich ebenfalls schmecken.

Mit leichtem Bedauern bemerkte er, dass Katie versuchte, ihn beim Essen so wenig wie möglich zu beachten. Ihre Worte richtete sie ausschließlich an die Kinder und wenn er ihr eine Frage stellte, antwortete sie mit Blick auf ihren Teller. Er versuchte sich von ihrem Verhalten nicht entmutigen zu lassen und mahnte sich erneut zur Geduld. Katie wusste nichts von seinem Unterfangen und er wollte sie damit auf keinen Fall überrollen. Sie war vom Typ her jemand, der ein wenig Zeit brauchte, um sich an neue Gegebenheiten zu gewöhnen. Das musste er ihr einfach zugestehen, wenn er Erfolg haben wollte.

Beherzt stürzte er sich auf seine restlichen Spaghetti. Auf keinen Fall würde er lockerlassen und jetzt aufgeben. Am Ende würde er seine Katie hoffentlich wieder für sich gewinnen können.

# FÜNFZEHN

Katie klopfte das Herz bis zum Hals. Eröffnungstag! Sie konnte es kaum glauben, aber es war tatsächlich soweit. Die monatelange Arbeit, der ganze Aufwand, die Stunden, die sie auf ihren Knien zugebracht hatte, während sie den Boden schrubbte oder Möbel abschliff, die Buckelei, das Hämmern und Bohren, das stundenlange Suchen und Abwägen von Einrichtungsgegenständen; all das sollte tatsächlich zu Ende sein? Hoffentlich würde sich das alles auszahlen! Gerade konnte sie es sich noch nicht richtig vorstellen.

Ein letztes Mal ging Katie durch ihre Bäckerei und überprüft alles. Sie war so unglaublich nervös, dass ihr regelrecht schlecht vor Aufregung war. Zum Frühstück hatte sie überhaupt nichts hinunter bekommen, gerade mal eine halbe Tasse Kaffee hatte sie gemeistert. Calvin und Lani waren ein Traum gewesen beim morgendlichen Fertigmachen. So als ob ihre Kinder ganz genau gewusst hatten, dass heute ein sehr wichtiger Tag für ihre Mutter war. Und das war es ja auch. Auf dem Weg zur Bäckerei hatte sie die beiden zu ihren Großeltern gebracht. Die vier würden später auf einen Besuch vorbeischauen. Auch Katies Eltern waren schon sehr gespannt auf das Endergebnis, was sie bisher noch nicht zu sehen bekommen hatten.

Sie ertappte sich bei dem Gedanken, dass sie hoffte, Clayton hier heute auch zu sehen. Sie hatten sich in letzter Zeit so gut verstanden und waren viel besser miteinander ausgekommen als noch vor einigen Wochen. Es hatte sie unheimlich gefreut zu sehen, wie er sich in ihre Familie eingebracht hatte, während sie mit den Vorbereitungen beschäftigt war. Ob das ein Zeichen war, dass sie sich zusammenraufen und eines Tages wieder eine richtige Familie sein konnten?

Mit einem Kopfschütteln verbannte sie die Träumereien aus ihrem Kopf. Das spielte heute keine Rolle, denn das war ihr Tag. Den wollte sie genießen und auf das Beste für ihre Bäckerei hoffen; ihre eigene kleine Bäckerei, in der sie tun und lassen konnte, was sie wollte. Sie musste sich kneifen, denn es fühlte sich einfach zu irreal an.

Mit einem letzten Blick über die Tische und Stühle und natürlich die Theke, die reichlich bestückt war mit ihren besten Kreationen, ging sie zur Eingangstür und schloss auf. Sarah hatte ein Banner aus cremefarbenen und dunkelblauen Luftballons besorgt, den Farben ihrer Bäckerei – ihre Freundin war einfach die Beste! – und über der Tür aufgehängt. Katie schnappte sich das Schild, auf dem auf beiden Seiten *Herzlich Willkommen in Katie's Bäckerei* geschrieben stand, um es vor dem Eingang aufzustellen. Das Schild war ein Geschenk ihrer Eltern zur Eröffnung gewesen.

In diesem Moment trat Sarah aus dem Geschäft, die ihr schon den ganzen Morgen bei den letzten Vorbereitungen für den großen Tag geholfen hatte. »Und, ist schon jemand da?«

137

Katie blickte sich um. »Leider noch nicht.« Aber davon ließ sie sich nicht unterkriegen, denn sie hatte sich fest vorgenommen, keinen Anspruch an diesen Tag und die Zahl der Gäste zu stellen. Sie war sich sicher, über die Zeit würde ihre Kundschaft schon wachsen.

»Wenn die Leute erstmal die Zeitung gelesen haben, werden sie schon vorbeikommen. Was sollen sie an diesem Samstag schließlich sonst machen, als hierherzukommen und dein köstliches Gebäck zu probieren?«, fragte Sarah mit einem zuversichtlichen Lachen.

Katie hätte Sarah einfach nur drücken können für ihren Enthusiasmus und ihre positive Einstellung. Ohne ihre beste Freundin wäre sie heute nicht da, wo sie in diesem Moment stand. Von Sarah stammte auch die Idee, ein Foto von Katie vor ihrer neuen Bäckerei, als das Geschäftsbanner mit dem Namen angebracht war, an die lokale Tageszeitung mit einem kleinen Artikel zu schicken, der davon berichtete, dass heute die große Eröffnung war und alle Gäste einen kostenlosen Cupcake zu jeder Bestellung erhalten würden. Sarah war der festen Überzeugung gewesen, dass das die Leute anlocken würde.

»Weißt du was, meine Liebe? So wie ich dich kenne, hast du heute bestimmt noch nichts gegessen. Was hältst du davon, wenn wir die Wartezeit etwas überbrücken und uns beide einen Cupcake genehmigen?«

Sarah legte einen Arm um Katies Schultern und dirigierte sie nach drinnen in den Verkaufsraum. Katie seufzte und gab sich geschlagen. »Das ist eine gute Idee. Dann sieht es auch so aus, dass bereits welche gekauft wurden und dieser Laden nicht der absolut Letzte ist.«

»Du und dein Pragmatismus. Komm, setz dich. Welche Sorte möchtest du?«

138

Katie ließ sich an einem der von ihr sorgsam dekorierten Tische nieder und bat Sarah um einen *Nothing-plain-'bout-it Vanilla*-Cupcake.

Mit einem breiten Grinsen im Gesicht schloss Katie die Tür hinter dem letzten Gast und drehte das Schild auf *Geschlossen* um. Clayton spürte den Stolz in sich aufsteigen, als er Katies glücklichen, wenn auch merklich erschöpft wirkenden Blick sah. Der Tag war ein voller Erfolg gewesen. Ein nicht abnehmender Besucherstrom hatte die Bäckerei den ganzen Tag über gefüllt und sie hatten fast alle von Katies Köstlichkeiten verkauft. Er hatte es sich nicht nehmen lassen, direkt mitzuhelfen, als er am späten Vormittag die Bäckerei betreten und die rege Betriebsamkeit gesehen hatte, die im Inneren herrschte. Er hatte Kaffee gekocht und ausgeteilt, die Tische leergeräumt, sobald die Gäste ihren Kuchen und ihr Gebäck verspeist hatten, und Geschirr abgewaschen. Ebenso wie Sarah, die sie bereits vor einer Stunde verabschiedet hatten, als es allmählich ruhiger wurde. Außer Katie und Clayton befanden sich nur noch Lani und Calvin hier, die mit Katies Eltern an einem der Tische saßen und gerade ihre Cupcakes verspeisten, die Katie für sie zur Seite gestellt hatte.

Er ging Katie entgegen, die gerade von der Eingangstür zurückkam und legte ihr beide Hände auf die Schultern. »Was für ein Tag. Du kannst wirklich stolz auf dich sein, Katie. Ich zumindest bin es.«

Überrascht sah sie zu ihm hoch. »Wirklich?«

Das kleine erstaunte Lächeln in ihrem Gesicht konnte die Skepsis, die ebenfalls darin zu sehen war, nicht überdecken. Dass sie an seiner Aufrichtigkeit zweifelte, hatte er sich selbst zuzuschreiben, aber er versuchte sich davon nicht unterkriegen zu lassen. »Wirklich, Katie. Du hast heute ganze Arbeit geleistet. Und nicht nur heute. Deine detaillierten

139

Planungen und fleißigen Vorbereitungen haben dafür gesorgt, dass der heutige Tag so erfolgreich verlaufen ist. Ich bin mir sicher, dein Geschäft wird ein voller Erfolg. Dafür wirst du schon sorgen.«

Mit einem Schmunzeln im Gesicht drückte er leicht ihre Schultern zur Bekräftigung, um seine Hände anschließend an ihren Armen heruntergleiten zu lassen. Er griff nach ihrer Hand, um sie anschließend mit sich nach hinten in ihr Büro zu ziehen. »Komm, ich möchte dir etwas zeigen.«

Katie folgte ihm ohne Widerworte nach hinten. Das zeigte ihm, wie erledigt sie sein musste. Nach diesem Tag und wenn er ehrlich war, nach den letzten Wochen, war das aber auch kein Wunder.

Die Kasse lag auf ihrem Schreibtisch und die Einnahmen des Tages lagen fein säuberlich sortiert daneben. Er hatte es sich nicht nehmen lassen, sie zu zählen. Das Ergebnis hatte er auf einem Zettel notiert, den er Katie nun entgegenhielt. Mit einem fragenden Blick und gerunzelten Augenbrauen sah sie zu ihm auf. Sie war einfach nur süß, wie verwirrt sie in diesem Moment aussah. »Was ist das?«, fragte sie ihn.

»Das, meine Liebe, sind deine heutigen Einnahmen.«

Überrascht riss Katie die Augen auf. »Was? Soviel? Wie ist das möglich?«

Clayton ging einen Schritt auf sie zu, um seine Arme um sie legen zu können. »Du hast das möglich gemacht. Deine akribische Planung und Vorbereitung, dein unermüdlicher Fleiß, deine Zielstrebigkeit und dein Herzblut, das du in diese Bäckerei gesteckt hast, haben das möglich gemacht.« Er sah ihr tief in die Augen, um sicherzugehen, dass er ihre volle Aufmerksamkeit hatte und dass sie in seinen Augen sehen konnte, wie ernst er es meinte. »Ich bin unglaublich stolz auf dich, Katie.«

140

Er sah, wie sie nervös schluckte, aber sie brach den Blickkontakt nicht ab. »Danke, Clayton«, flüsterte sie.

Bildete er sich das ein oder war sie ihm nach ihren Worten mit ihrem Gesicht etwas nähergekommen? Er traute sich kaum, diesen Gedanken weiterzuverfolgen, aber um es zu testen, ließ er seinen Kopf etwas in ihre Richtung wandern. Katie zog sich Widererwarten nicht zurück, stattdessen konnte er beobachten, wie sich ihre Pupillen weiteten und sie erneut schlucken musste. Keiner von ihnen sagte ein Wort. Es schien, als ob die Zeit stillstehen würde und die Erde aufgehört hatte sich zu drehen. Gespannt hielt Clayton den Atem an, als Katie langsam ihre Hände auf seiner Brust ablegte. Würde sie ihn im nächsten Moment von sich wegschieben? Vor lauter Anspannung klopfte ihm das Herz bis zum Hals und er befürchtete schon, dass es ihm gleich aus der Brust springen würde.

Er beobachtete, wie Katie einen tiefen Atemzug nahm. Doch statt ihn von sich zu schieben, krallte sie sich mit ihren Fingern in seinem Hemd fest, stellte sich auf die Zehenspitzen und kam ihm langsam mit ihrem Gesicht immer näher. Ihre Lippen befanden sich fast auf einer Höhe und es fehlte nicht viel, dann könnte er endlich – endlich! – wieder nach so langer Zeit seinen Mund auf ihren legen und ihren süßen Geschmack schmecken. Katies Augenlider flatterten zu und auch Clayton schloss seine Augen, um anschließend den kleinen Abstand, der sich noch zwischen ihnen befand, zu überwinden.

Als es dann endlich soweit war und ihre Lippen sich nach so langer Zeit wieder berührten, wurde ihm von den aufsteigenden Gefühlen, die dieser kleine, so süße Kuss hervorbrachte, schwindlig und er zog Katie näher an sich heran, um sich an ihr festhalten zu können. Katie seufzte in ihren Kuss hinein und er spürte, wie sie sich an ihn schmiegte. Ermutigt von ihrer Reaktion vertiefte er den Kuss, strich leicht

141

mit seiner Zungenspitze über ihre Unterlippe und bat um Einlass. Als Katie ihm diesen gewährte, drohten seine Knie unter ihm nachzugeben, so sehr überwältigten ihn seine Gefühle von diesem fast schon keuschen Kuss.

Es war, als ob sie sich wiederentdecken würden nach all der Zeit, die sie getrennt voneinander verbracht hatten. Es war so bekannt und gleichzeitig so neu. Vorsichtig tasteten sie sich vor, erkundigten, hielten inne, um die Reaktion des anderen abzuwarten und knüpften daran an. Noch nie hatte Clayton so einen bittersüßen, die Sinne vernebelnden, alles umfassenden Kuss erlebt. Nie wieder wollte er das missen. Er würde alles in seiner Macht stehende tun, um Katie endlich wieder für sich zurückzugewinnen und den Rest ihres Lebens gemeinsam an ihrer Seite zu verbringen. Nie wieder wollte er sie im Stich lassen.

Eine gefühlte Ewigkeit standen sie so aneinander geklammert da und gaben sich voll und ganz dem Kuss hin. Alles um sie herum war vergessen. Als er spürte, dass Katie sich langsam zurückzog, ließ auch er ein wenig nach und gab ihr abschließend noch einen sanften Kuss auf die geschlossenen Lippen, die so verführerisch glänzten, dass es all seiner Kraft bedurfte, sich nicht erneut auf sie zu stürzen. Nur dass dieser Kuss dann alles andere als süß und harmlos verlaufen würde.

Katie löste ihre noch immer in seinem Hemd verkrallten Finger und machte einen kleinen Schritt zurück. Als sie ihm in die Augen sah, konnte er aber ein Lächeln, wenn auch ein vorsichtiges, darin entdecken. Gott sei Dank…

»Wow«. Mit einem erstaunten Ausdruck im Gesicht fasste Katie sich an den Mund. »Das war unerwartet.«

»Und wunderschön.« Clayton konnte nicht anders und strich ihr mit seinen Fingerspitzen federleicht über die Wange.

142

Katie schluckte. »Sollten wir darüber reden?«, fragte sie ihn zögerlich.

Bevor er jedoch darauf antworten konnte, sprang die Tür auf und Calvin stand vor ihnen. »Mom, Dad, hier steckt ihr. Wir haben euch schon überall gesucht!«

Ertappt machte Katie vor Schreck einen Schritt von ihm zurück und schien nicht zu wissen, was sie sagen sollte. Clayton, von ihrem Kuss ermutigt und daher bester Laune, wandte sich mit einem Lächeln an seinen Sohn. »Ich habe deiner Mutter gezeigt, wie viel sie heute verdient hat mit ihren leckeren Sachen.«

»Und, war es sehr viel?«, wollte Calvin neugierig wissen.

»Sehr, sehr viel. Mehr als deine Mom erwartet hat.« Der Stolz war aus Claytons Stimme herauszuhören. Katie war noch immer ganz benebelt von dem Kuss, der sie völlig unerwartet getroffen hatte, und wusste nicht, wie sie mit der ganzen Situation umgehen sollte. Der Blick, den Clayton ihr in diesem Moment zuwarf, überforderte sie nur noch mehr und sie sah nervös in Calvins Richtung.

Der schien jedoch von der merkwürdigen und aufgeladenen Stimmung zwischen seinen Eltern nichts zu bemerken. Im nächsten Augenblick sprach er schon weiter. »Können wir zur Feier des Tages Pizza essen gehen, Mom?« Calvin war ganz aufgeregt und wippte auf seinen Füßen, als er ihr die Frage stellte.

Katie schluckte und warf erneut einen Blick zu Clayton. Konnte sie nach diesem aufregenden Tag noch einen Besuch in ihrer Lieblingspizzeria verkraften? Und würde Clayton mitkommen oder würde er sich mit einer Ausrede aus der Verpflichtung herauswinden? Die Gedanken schwirrten in ihrem Kopf und offensichtlich benötigte sie zu lange, um

Calvin eine zufriedenstellende Antwort zu geben, denn schon wandte er sich an seinen Vater.

»Bitte, bitte, Daddy! Lani und ich wollen Pizza essen gehen!«

Clayton sah mit einem fragenden Blick zu Katie und lächelte sie an. Wie sollte sie sich dabei denn konzentrieren können? Der Tag war so schon ereignisreich genug gewesen und nun auch noch diese intime Begegnung mit Clayton, die sie völlig aufgewühlt zurückgelassen hatte. Dazu kamen seine vielen an sie gerichteten Komplimente und diese ständige gute Laune ihr gegenüber. Sollte das ihr neuer Normalzustand werden?

Bei dem Gedanken galoppierte ihr Herz vor lauter Aufregung davon und sie versuchte sich wieder einzukriegen. Nur weil er in letzter Zeit ein paar Mal mit ihnen unterwegs gewesen war und sich wieder etwas netter ihr gegenüber gab, musste das überhaupt nichts bedeuten.

Aber dieser Kuss…

»Was meinst du, Katie? Wollen wir alle noch eine Pizza essen gehen?«

»Ich weiß nicht…« Katie knabberte an ihrer Unterlippe und versuchte Zeit zu gewinnen. »Ich muss hier noch so viel aufräumen, damit für morgen alles bereit ist. Fahrt ihr doch zu dritt und ich fahre dann direkt nach Hause.«

»Nichts da«, widersprach Clayton ihr und schüttelte resolut den Kopf. »Wir helfen dir beim Aufräumen und anschließend gehen wir alle etwas essen. Du brauchst nach diesem aufregenden Tag auch eine Stärkung, die nicht nur aus Zucker besteht.« Mit einem Zwinkern im Gesicht spielte er auf ihre nachmittägliche Stärkung an, die aus einem weiteren ihrer Cupcakes bestanden hatte.

»Also gut.« Katie gab sich geschlagen und teilte die Aufgaben auf, damit das Geschäft wieder in einem vernünftigen Zustand war. Da sie am Sonntag erst nachmittags öffnete, hatte sie morgens noch genügend Zeit, um Nachschub zu backen. Zusätzlich aber auch noch aufräumen zu müssen, das würde ihren Zeitplan allerdings sprengen, zumal sie für morgen, einen Tag nach der Eröffnung, keine weitere Hilfe von Sarah eingeplant hatte.

Gemeinsam machten sie sich ans Aufräumen, bevor sie sich von Katies Eltern verabschiedeten und anschließend in die Pizzeria fuhren. Katies Herz stolperte ohne Unterlass in ihrer Brust bei den vielen auf sie einprasselnden Gedanken und sie fragte sich, wo das alles hinführen würde. Ob sie am Ende erneut allein mit einem gebrochenen Herzen dastehen würde.

# SECHZEHN

Die Kinder wollten unbedingt bei ihm mitkommen, also ließ er Katie schweren Herzens allein mit ihrem Auto nach Hause fahren. Er hatte ihr angeboten, sie alle drei nach Hause zu bringen, aber Katie bestand darauf, selbst zu fahren, damit sie ihren Wagen für den nächsten Tag zu Hause hatte. In dem Moment hatte er sich nicht getraut anzubieten, die Nacht im Haus und sei es nur im Gästezimmer, zu verbringen und sie am nächsten Morgen zur Bäckerei zu bringen. Katie schien das gemeinsame Abendessen zwar genossen zu haben, aber sie waren vor den Kindern nicht mehr auf den Kuss zu sprechen gekommen und sie hatte auch keine Signale in seine Richtung ausgesandt, dass sie sich schnellstmöglich eine Wiederholung von ihrem intimen Moment erhoffte. Auch wenn sie in seiner Anwesenheit deutlich entspannter war als noch vor wenigen Wochen, so machte sie keinerlei Anstalten sich ihm wieder anzunähern.

Das müsste er dringend ändern und sein Vorgehen offensichtlich etwas geschickter und offensiver anstellen, wenn er bald weitere Erfolge – und er fasste den heutigen Kuss als einen riesigen Erfolg auf – verzeichnen wollte. Aber heute würde er wohl nichts mehr erreichen.

Zuhause bei Katie angekommen, bemerkte er, dass ihr Auto noch nicht in der Auffahrt parkte. Merkwürdig, denn Katie war vor ihnen aufgebrochen, da die Kinder sich ziemlich viel Zeit beim Einsteigen in seinen Geländewagen gelassen hatten. War sie eine andere Strecke gefahren, die länger dauerte?

Er ließ die Kinder aussteigen und ignorierte das mulmige Gefühl, dass sich in ihm ausbreitete. Was sollte schon passiert sein? Vom Restaurant bis nach Hause waren es gerade einmal zehn Minuten Fahrtweg. Viel konnte in ihrer beschaulichen Heimatstadt nicht geschehen.

Da er noch immer einen Schlüssel besaß, schloss er die Haustür auf und brachte die Kinder hinein. Er würde dafür sorgen, dass sie schon einmal Zähne putzten und sich für die Nacht umzogen, solange sie auf Katie warteten. Sie hatte einen langen Tag gehabt und würde sich freuen, wenn er ihr diese Arbeit abnahm. Also schickte er die Kinder direkt nach oben, was sie erstaunlicher Weise sofort befolgten. Er hatte nach diesem aufregenden und langen Tag mit mehr Protest zumindest von Calvin gerechnet, aber die beiden schienen wirklich müde zu sein. Er hatte gesehen, wie Lani sich im Auto bereits mehrfach die Augen gerieben und gegähnt hatte.

Nach einem kurzen Blick ins Wohnzimmer und in die Küche, nur um festzustellen, dass Katie tatsächlich noch nicht zu Hause war, ging er ebenfalls nach oben, um seinen Kindern zu helfen. Von den Wochenenden, die die beiden bei ihm verbrachten, wusste er aber, dass nicht nur Calvin, sondern auch Lani inzwischen sehr selbstständig war und das meiste allein schaffte.

147

Da Lani beim Zähneputzen bereits die Augen zufielen, brachte er sie direkt ins Bett, nicht ohne ihr vorher zu versprechen, dass Katie bei ihr zum Gute-Nacht-sagen hineinschauen würde, sobald sie nach Hause kam. Er hatte kaum das kleine Nachtlicht eingeschaltet, da hatte sein kleiner Engel bereits die Augen geschlossen und sich auf die Seite gedreht.

Calvin war nicht so leicht ins Bett zu bringen, also ließ Clayton sich überreden, ihm noch etwas vorzulesen. Nach wenigen Minuten war jedoch sein Sohn ebenfalls eingeschlafen und Clayton schlich sich aus dem Zimmer, nachdem er noch Calvins Decke ordentlich über ihm ausgebreitet und ihm über die Haare gestrichen hatte. Tagsüber wirkte er für seine acht Jahre bereits sehr reif und irgendwie weise, aber wenn er schlief, sah er immer noch wie der kleine Junge aus, den Clayton früher so viel im Arm getragen und beim Schlafen zugesehen hatte.

Er räumte noch die Sachen der Kinder im Bad auf und legte sie ordentlich weg, weil er wusste, wie viel das Katie bedeuten würde. Zurück im Erdgeschoss stellte er fest, dass sie immer noch nicht zu Hause angekommen war. Deutlich beunruhigter als zuvor zog er sein Handy aus seiner Hosentasche und wählte ihre Nummer. Es klingelte fünf Mal, bevor die Mailbox anging. Verwundert schüttelte er den Kopf und versuchte es noch einmal. Genau das Gleiche passierte. Er ging in die Küche, um sich ein Glas Wasser zu holen, während sich das ungute Gefühl weiter in ihm ausbreitete. Das sah Katie überhaupt nicht ähnlich. War sie spontan zu ihrer Freundin gefahren, um mit ihr auf die erfolgreiche Eröffnung der Bäckerei anzustoßen? Aber dann hätte sie ihm doch Bescheid gegeben.

Da das mulmige Gefühl nur schlimmer wurde und er sich keine plausible Erklärung in den Kopf rufen konnte, warum

148

sie noch immer nicht zu Hause eingetroffen war und nicht an ihr Handy ging, wählte er kurzerhand Sarahs Nummer.

»Hallo?«

»Sarah, hier ist Clayton.«

»Clayton, hallo! Was gibt es?«

Sarah wirkte nicht gerade, als ob sie seinen Anruf erwartet hätte. Mit klopfendem Herzen sprach er weiter. »Ist Katie vielleicht bei dir?«

»Nein, ist sie nicht. Sollte sie? Hat sie etwas gesagt? Clayton, was ist los?«

»Nein, hat sie nicht.«

Mit einem Kloß im Hals berichtete er ihr vom Verlauf des Abends und wie er jetzt seit einer geschlagenen Stunde auf sie wartete, sie aber einfach nicht auftauchte.

»Mach dir keine Sorgen, Clayton. Bestimmt ist sie gleich bei euch«, sprach Sarah beruhigend auf ihn ein.

»Meldest du dich, solltest du von ihr hören?«, wollte er von ihr wissen.

»Das mache ich.«

Nachdem sie aufgelegt hatten, fuhr sich Clayton ratlos mit der Hand über sein Gesicht. Was sollte er nur tun? Dieses untätige Herumsitzen zuhause, ohne dass er etwas tun konnte, machte ihn wahnsinnig. Er wollte gerade versuchen, Katie erneut anzurufen, als das Handy in seiner Hand klingelte. Die Nummer war unbekannt.

»Hallo?«

»Spreche ich mit Clayton Miller?«

»Ja, das bin ich. Wer ist da?« Clayton klopfte das Herz bis zum Hals.

»James Edwards hier, ich rufe aus dem Memorial Hospital an. Mr. Miller, es gab einen Unfall, in den Ihre Frau verwickelt war...«

Aufgeregt unterbrach Clayton den Mann am anderen Ende. »Was ist passiert? Ist alles in Ordnung mit Katie?«

»Ihre Frau wurde bei uns eingeliefert. Sie befindet sich derzeit im OP. Ihre Nummer war als Notfallkontakt hinterlegt.«

Katie war offensichtlich noch nicht dazu gekommen, ihn als ihren Notfallkontakt auszuwechseln. Noch bevor sie geheiratet hatten, hatten sie sich gegenseitig hinterlegt, sollte einem von ihnen etwas passieren. Bisher war es nicht dazu gekommen. Warum Clayton diese Gedanken in diesem Moment durch den Kopf gingen, konnte er nicht sagen. Befand er sich im Schockzustand?

Den Kopf schüttelnd, um etwas klarer denken zu können, antwortete er dem Mann am Telefon. »Ich mache mich gleich auf den Weg.«

Der Krankenhausmitarbeiter erklärte ihm noch, wie er zu der richtigen Station fand, auf der Katie gerade operiert wurde, dann legte er auf. Sofort wählte er die Nummer von Sarah, da sie bestimmt auf eine Rückmeldung von ihm warten würde. Ohne ein Wort der Begrüßung verkündete er die Hiobsbotschaft. »Katie hatte einen Unfall. Sie wird gerade operiert. Ich muss zu ihr ins Krankenhaus. Kannst du herkommen und auf die Kinder aufpassen?«

»Natürlich, ich mache mich sofort auf den Weg.«

»Danke, Sarah! Das bedeutet mir viel.«

»Kein Problem«, kam ihre beruhigende Stimme. Er wollte gerade auflegen, da vernahm er erneut ihre Stimme: »Ach, und Clayton?«

»Ja?«

»Es wird alles gut. Katie ist eine Kämpfernatur, die kriegt so leicht nichts unter.«

Clayton stieß einen tiefen Atemzug aus, von dem er gar nicht mitbekommen hatte, dass er ihn angehalten hatte. »Danke, Sarah. Ich weiß«.

Sarah war nur wenige Minuten später da und schickte ihn sofort auf den Weg ins Krankenhaus mit den Worten, dass er sich um die Kinder keine Sorgen zu machen brauchte; sie würde, solange es nötig sei, bei ihnen bleiben.

Voller Anspannung machte sich Clayton auf den Weg. Im Krankenhaus angekommen, fand er zum Glück ohne Probleme die Chirurgie, wo Katie laut Auskunft des Mitarbeiters im Moment operiert wurde. Am Empfang sagte man ihm, dass sie immer noch im OP war und sie ihm keine weitere Auskunft geben konnten. Bis der operierende Arzt für ein Update erschien, sollte er im Wartezimmer der Station warten. Da er nicht wusste, wann der Arzt sich zeigen würde, entschied er sich als nächstes, Katies Eltern anzurufen. Sie mussten unbedingt erfahren, dass ihre Tochter in einen Unfall verwickelt gewesen war und würden sicher auch ins Krankenhaus kommen wollen.

Clayton kam es vor, als wären es Stunden gewesen, als Katies Eltern schließlich mit besorgten Mienen eintrafen. Sie hatten sich noch nicht begrüßt, als sich die Türen zum Wartezimmer, das um diese Uhrzeit vollkommen verwaist war, erneut öffneten. Ein Arzt in OP-Kleidung trat herein und sprach sie direkt an. »Sind Sie die Familie von Katie Miller?«

»Ja, das sind ihre Eltern und ich bin ihr Mann«, antwortete Clayton für sie alle.

»Ich bin Dr. Sampson, der leitende Chirurg.« Er gab ihnen nacheinander die Hand, während er sich vorstellte. »Katie wurde mit jeweils einem Bruch im Unterschenkel und Schlüsselbein bei uns eingeliefert, nachdem sie in einen Autounfall verwickelt war. Jemand hat ihr die Vorfahrt an einer Kreuzung genommen. Wir mussten operieren, um beide

151

Brüche zu richten. Außerdem hat sie mehrere Prellungen am ganzen Körper, auch an den Rippen. Sie ist jetzt im Aufwachraum und stabil nach der OP.« Mit einem beruhigenden Griff auf Claytons Oberarm schloss er seinen Bericht: »Ihre Frau wird vollständig genesen, Mr. Miller. Sie hatte definitiv Glück im Unglück.«

Erleichtert stieß Clayton einen tiefen Atemzug aus und legte einen tröstenden Arm um Katies Mutter Erica, die neben ihm stand und seit ihrer Ankunft mit den Tränen gekämpft hatte. Nun flossen sie voller Erleichterung ungehindert über ihre Wangen.

»Wann können wir zu ihr?«, fragte Katies Vater Sam den Arzt.

»Geben Sie ihr noch etwa eine halbe Stunde zum Aufwachen. Sie wird dann für die Nacht zur Beobachtung auf die Intensivstation verlegt. Dort können Sie sie nachher kurz sehen. Morgen geht es dann auf die normale Station bis zur Entlassung.«

Alle drei nickten und bedankten sich bei Dr. Sampson, der sie wieder allein im Wartezimmer ließ. Clayton setzte sich mit einem erleichterten Seufzen auf einen der Stühle. Er stützte seine Ellbogen auf seinen Knien auf und fuhr sich mit den Händen durch die Haare und durch das Gesicht. Der schwere Fels, der sich auf seiner Brust festgesetzt hatte, wurde langsam leichter. Katie war zwar verletzt und hatte einen langen Genesungsweg vor sich, aber es ging ihr den Umständen entsprechend gut. Alles würde wieder gut werden!

Erica setzte sich neben Clayton und legte eine Hand auf seinen Rücken, um beruhigend darüber zu streichen. Bei der Geste ließ Clayton die Hände sinken und sah auf.

»Das Ganze hat dich ziemlich mitgenommen, oder?«, fragte Erica ihn.

152

Clayton stieß ein Schnaufen aus. »Und wie. Dieses ungute Gefühl, als Katie nicht nach Hause kam wie erwartet. Und dann dieser Anruf, dass sie einen Unfall hatte. Ich glaube nicht, dass ich mir in meinem ganzen Leben schon jemals so viele Sorgen auf einmal gemacht habe.«

Er sah aus dem Augenwinkel, wie Erica kurz zu ihrem Mann hochschaute, der noch immer in der Mitte des Wartezimmers stand, bevor sie sich wieder an ihn wandte. »Sie bedeutet dir noch etwas.«

Überrascht von ihren ehrlichen und direkten Worten sah Clayton zu ihr hinüber. »Was meinst du?«

»Liebst du Katie noch?«, fragte Erica ihn, anstatt auf seine Frage zu antworten.

Clayton musste schlucken, nickte aber im gleichen Moment. Katies Mutter drückte seinen Oberarm mit all dem Wissen und der Liebe, wie sie nur eine Mutter mit all ihrer Lebensweisheit hatte. Er hatte Katies Eltern von Anfang an sehr geschätzt und schnell als Zweiteltern angenommen, die ihm immer mit Rat und Tat beiseite gestanden hatten. Umso schwerer war es ihm nach der Trennung gefallen, sich nicht mehr jederzeit an sie wenden zu können. Aber sie waren nun einmal Katies Eltern und hatten damit automatisch hinter ihr gestanden. Er hätte es niemals gewagt, sich dazwischenzudrängen.

»Dann wünschen wir dir viel Glück, Junge. Du kannst es brauchen.« Sam war auf ihn zugetreten und klopfte ihm mit einer Hand auf die Schulter.

Clayton sah zu ihm auf. »Ich weiß, aber danke. Ich werde nichts unversucht lassen, um Katie zurückzugewinnen.«

Erica beugte sich zu ihm hinüber und gab ihm einen Kuss auf die Wange. »Richte Katie bitte liebe Grüße von uns aus, wenn du nachher zu ihr hineingehst. Sag ihr, wir kommen sie morgen besuchen, wenn sie verlegt wurde und sich etwas ausruhen konnte. Und wenn wir die Kinder nehmen sollen, bis wir zu unserer Kreuzfahrt nächste Woche aufbrechen, sag uns Bescheid.«

Clayton nickte ihr zu und verabschiedete sich von den beiden. Als Katies Eltern aus dem Wartezimmer hinausgetreten waren, holte er sein Handy hervor und ließ Sarah wissen, was der Arzt ihnen mitgeteilt hatte. Er bat sie noch etwas bei den Kindern zu bleiben, bis er bei Katie gewesen war und anschließend nach Hause kommen würde. Morgen würde er den beiden erklären, was mit ihrer Mutter passiert war und sie anschließend mit ins Krankenhaus nehmen, wenn Katie dazu in der Verfassung sein würde.

Mit einem Seufzen ließ Clayton sich in dem unbequemen Wartezimmerstuhl zurücksinken. Was für ein Tag!

# SIEBZEHN

Katie fühlte sich wie von einem LKW überfahren. Alle Knochen schmerzten und sie fühlte jeden Muskel, als sie langsam zu sich kam. Sie schlug die Augen auf, nahm die ungewohnte Umgebung wahr und sah Clayton neben dem Bett sitzen, in dem sie lag. Sie bemerkte, wie er eine Hand ausgestreckt in Richtung Bett hatte und als sie seinen Arm mit ihren Augen weiterverfolgte, bemerkte sie, dass seine Hand auf ihrer lag, direkt neben einem Zugang, an dem ein Schlauch befestigt war, durch den eine helle Flüssigkeit tropfte.

Clayton bemerkte, dass sie wach geworden war und beugte sich zu ihr hinüber. »Hey, da bist du ja wieder.«

Bei seinen Worten war seine Hand in Richtung ihres Gesichts gewandert und strich nun zärtlich eine Haarsträhne hinter ihr Ohr. »Du hast uns einen mächtigen Schrecken eingejagt. Wie geht es dir?«, fragte er sie mit einem besorgten Gesichtsausdruck.

»Ich weiß es nicht. Was ist passiert?«

Beim Sprechen merkte Katie, wie trocken ihr Hals war und wie schwer es ihr fiel, die Worte hinauszubekommen. Sie versuchte sich zu räuspern, aber durch ihren ausgedörrten Mund war das kaum möglich. Clayton, der ihre Anstrengungen bemerkte, reichte ihr einen Becher mit etwas Wasser darin.

»Hier, trink einen kleinen Schluck.«

Sie versuchte, nach dem Becher zu greifen, aber ein stechender Schmerz fuhr durch ihre linke Schulter, als sie ihren Arm bewegte. Schmerzverzerrt schloss sie die Augen und versuchte tief durchzuatmen. Kurz darauf spürte sie, wie Clayton ihr den Becher an den Mund hielt. Langsam nahm sie einen Schluck Wasser und genoss das Gefühl, wie es ihren Mund befeuchtete und ihre Kehle herabrann.

»Du hattest einen Autounfall auf dem Weg nach Hause, Katie«, sprach Clayton und gab ihr vorsichtig noch einen Schluck zu trinken. »Irgend so ein Vollidiot ist bei Rot gefahren und hat dir die Vorfahrt genommen.«

Katie begann sich dunkel daran zu erinnern, dass sie auf dem Weg nach Hause im Auto gesessen hatte, nachdem sie zu viert gemeinsam im Restaurant gegessen hatten, um ihre erfolgreiche Eröffnung zu feiern.

»Was ist passiert? Was ist mit den Kindern?«, fragte sie Clayton aufgebracht.

»Die Kinder sind bei mir mitgefahren. Es geht ihnen gut«, beruhigte Clayton sie. »Der Fahrer des anderen Wagens ist frontal in deine Seite gefahren. Du hast dir bei dem Aufprall den Unterschenkel und dein Schlüsselbein gebrochen. Beides musste in einer Operation gerichtet werden. Außerdem hast du diverse Prellungen erlitten. Heute Nacht musst du noch zur Beobachtung auf der Intensivstation bleiben, aber morgen wirst du auf eine normale Station verlegt.«

Nun bemerkte Katie, dass ihr linkes Bein in einem Gips steckte und erhöht auf dem Krankenhausbett lag.

»Wo sind Calvin und Lani?«

»Sarah ist bei ihnen. Sie ist sofort gekommen, nachdem ich sie angerufen und von deinem Unfall erzählt habe. Ich wollte noch warten, bis du nach deiner OP aufwachst und dann nach Hause fahren, um sie abzulösen.«

»Das brauchst du nicht. Du kannst nach Hause fahren, ich bitte meine Eltern, auf die beiden aufzupassen.«

Sie meinte, einen Anflug von Verletzung bei ihren Worten in seinem Gesicht zu sehen, aber es war so schnell wieder verschwunden, dass sie glaubte, es sich nur eingebildet zu haben.

»Es ist wirklich kein Problem für mich, Katie. Ich kann die Nacht bei ihnen bleiben, wenn das in Ordnung für dich ist.«

»Bist du dir sicher?«

»Bin ich. Und nun ruh dich aus und schlaf ein wenig, damit du bald wieder auf den Beinen bist. Ich komme morgen mit den Kindern vorbei. Sie wollen dich bestimmt sehen.«

Bei seinen Worten war Clayton aufgestanden und hatte sich leicht über sie herüber gebeugt, um ihr erneut über den Kopf zu streichen. Seine Geste war unheimlich rührend und Katie stiegen angesichts der Situation und der Neuigkeiten bezüglich ihres Unfalls, die sie gerade erhalten hatte, die Tränen in die Augen. Sie fühlte sich unheimlich verwirrt. Sie konnte sich an nichts von dem, was Clayton ihr von dem Unfall berichtet hatte, erinnern. Diese Lücke in ihrem Gedächtnis bereitete ihr Angst und überforderte sie.

Mit aller Kraft schluckte sie die Tränen hinunter und versuchte sich, so gut es ihr möglich war, wieder zu fangen. »Danke, Clayton.«

»Kein Problem. Und nun schlaf gut, Liebling.«

Dann drehte er sich um und ging mit einem letzten aufmunternden Blick hinaus. Katie ließ sich zurück auf ihr Kissen fallen und schloss die Augen. Die vielen aufregenden Ereignisse des Tages musste sie gründlich verarbeiten. Aber für den Moment schob sie alle Gedanken und Bilder beiseite und versuchte sich dem Schlaf zu ergeben.

»Clayton, das ist lieb von dir, aber wirklich nicht notwendig.«

Katie war heute nach einer Woche aus dem Krankenhaus endlich entlassen worden. Clayton hatte sie gemeinsam mit den Kindern abgeholt und half ihr nun, sich auf ihrer Couch im Wohnzimmer häuslich einzurichten. Er schlug Kissen auf, breitete eine Decke über ihr aus und fragte sie, ob er ihr einen Tee machen solle. Wenn es nach ihr ginge, hätte sie sich sofort im Haus beschäftigt und aufgeräumt. Nach einer Woche Abwesenheit war schließlich eine Menge liegen geblieben und aufzuholen. Aber Clayton machte ihr einen Strich durch die Rechnung und bestand darauf, dass sie auf der Couch lag und sich weiter auskurierte. Das hatte auch der Arzt empfohlen.

»Auch wenn du jetzt zu Hause bist und nicht mehr in einem Krankenhausbett liegst, musst du dich erholen, Katie. Dieser Unfall hat eine Menge Stress für deinen Körper bedeutet.«

Nicht nur für ihren Körper, auch mental hatte sie ziemlich damit zu kämpfen. Aber das würde sie Clayton nicht auf die Nase binden, er machte sich offensichtlich so schon genug Sorgen um sie. Jeden Tag war er mindestens einmal, meistens zweimal mit den Kindern im Krankenhaus gewesen und hatte sie besucht. Sie fühlte sich von seiner Aufmerksamkeit ziemlich überrollt. Aber auch das würde sie ihm nicht sagen. Ständig fragte er sie, wie sie sich fühlte und versicherte ihr, dass er zuhause alles unter Kontrolle hatte. So richtig vorstellen konnte sie sich das nicht, aber da sie zu erschöpft

158

gewesen war, um sich den Kopf darüber zu zerbrechen, hatte sie sich dem Ganzen ergeben.

Aber nun war sie wieder zuhause und würde dafür sorgen, dass ihr Alltag wieder in gewohnten Bahnen verlief. Dafür musste Clayton allerdings zunächst einmal einen Moment innehalten und sie nicht nach ihrem Befinden fragen, damit sie ihm das auch mitteilen konnte. Seine Anwesenheit im Haus und seine Hilfe mit den Kindern waren nun nicht mehr notwendig. »Clayton, es geht mir gut, wirklich.«

»Und das soll auch so bleiben, Liebes.«

Sie sah über seinen Kosenamen für sie von früher hinweg und sprach unbeirrt weiter. »Du kannst nach Hause fahren, Clayton. Ich bin jetzt wieder zuhause und bekomme alles allein hin.«

Bei ihren Worten riss Clayton die Augen auf und runzelte die Stirn. Langsam ließ er sich auf dem Couchtisch vor ihr nieder und griff nach ihrer Hand. »Katie, Liebes, du hattest einen schweren Autounfall vor gerade einmal einer Woche. Ich werde jetzt garantiert nicht nach Hause fahren und dich mit dem Haushalt und den Kindern allein lassen.«

Doch Katie wollte davon nichts hören. Sie war seit seinem Auszug mit allem allein gewesen und mit zunehmender Zeit auch immer besser zurechtgekommen. Sie brauchte ihn jetzt auch nicht, trotz des Unfalls. Dazu kam, dass sie seine Anwesenheit extrem überforderte und verwirrte.

Es würde schon alles irgendwie gehen, so wie vorher auch. »Doch, das wirst du machen. Wenn ich Hilfe brauche, rufe ich meine Eltern oder Sarah an.«

»Deine Eltern fahren morgen auf ihre alljährliche Kreuzfahrt, von der du nicht wolltest, dass sie die deinetwegen absagen. Und Sarah wird dir gewiss ab und zu unter die Arme greifen können, aber sie hat ihre eigene Familie zu managen und kann hier nicht permanent helfen«, sprach Clayton auf sie ein.

Den Urlaub ihrer Eltern hatte sie tatsächlich für einen Moment vergessen, aber das ließ sie unkommentiert. »Ich brauche auch niemanden, der mir permanent hilft. Ich komme gut allein zurecht. Für die Kinder ist ja auch noch Jamie da, die die beiden nachmittags betreut.«

Die Aussage über das Kindermädchen von Lani und Calvin ignorierend, antwortete Clayton ihr: »Wie denn? Durch den Schlüsselbeinbruch darfst du den linken Arm nicht belasten, das heißt, du kannst nur eine Gehhilfe benutzen, wenn du dich bewegen musst. Wie möchtest du so kochen, sauber machen, Auto fahren, um die Kinder wegzubringen oder einzukaufen? Und was ist mit Wäsche waschen, geschweige denn duschen?«

Entmutigt von seinen so wahren Worten ließ sie den Kopf nach hinten auf die Couchlehne fallen und schloss die Augen. Verdammt, darüber hatte sie so im Detail noch gar nicht nachgedacht. Sie wusste nur, dass Clayton von hier verschwinden musste und zwar schnell. Seine Anwesenheit verwirrte sie ungemein und sie wusste nicht, was sie davon halten sollte. Sie hatte so sehr Angst, sich daran zu gewöhnen, um am Ende doch wieder enttäuscht zu werden. Ihre Gefühle überschlugen sich und erschöpften sie zunehmend.

»Du weißt, dass ich recht habe, Katie.« Clayton sprach nun ruhig und geradezu besänftigend auf sie ein, während er unaufhaltsam ihren Handrücken mit seinem Daumen streichelte. Die monotone Bewegung fühlte sich gut an, musste sie sich eingestehen, und ließ sie etwas entspannen. Vermutlich beabsichtigte Clayton das auch so. Er wusste schließlich immer genau, was er tat. Unbeirrt sprach er weiter. »Lass mich dir helfen. Es sind auch meine Kinder. Du musst die Verantwortung nicht allein tragen.«

160

»Was ist mit deiner Arbeit? Wie willst du das unter einen Hut bekommen?« Statt zu protestieren, war Katie dazu übergegangen, sich dem Unvermeidbaren zu stellen und die praktischen Dinge anzusprechen. Bei ihren Fragen öffnete sie erneut die Augen und sah ihn an.

»Ich habe so viele Urlaubstage aufgespart, das ist kein Problem. Sie können in der Firma auch ein paar weitere Tage auf mich verzichten und zur Not kann ich immer noch von hier aus arbeiten, wenn die Kinder in der Schule und im Kindergarten sind.«

»Und was ist mit der Bäckerei?«

»Ich habe dort zwischendurch nach dem Rechten gesehen und ein *Vorübergehend geschlossen*-Schild in die Tür gehängt.«

Er schien wirklich alles durchdacht zu haben. Und er hatte bereits die Tage, die sie im Krankenhaus war, Stellung gehalten, gestand sie ihm zu. Sich ihrem Schicksal ergebend, schloss sie erneut die Augen. »Danke, Clayton. Allein würde ich es wohl tatsächlich nicht schaffen.«

»Du brauchst dich nicht zu bedanken, Katie. Das ist selbstverständlich.«

Das fand sie zwar nicht, aber sie war zu erschöpft, um noch weiter über die ganze Angelegenheit zu diskutieren. Der Unfall und die Verletzungen zollten ihren Tribut. Langsam glitt sie in den Schlaf hinüber und sie spürte nur noch aus der Ferne, wie Clayton behutsam ihre Hand losließ und ihr beim Aufstehen einen Kuss auf die Stirn drückte.

Dass Katie sich so gegen seine Anwesenheit sträuben würde, war Clayton vor ihrem Gespräch bewusst gewesen. Er hatte die Woche, die sie im Krankenhaus verbracht hatte, dafür genutzt, sich seine Strategie zurechtzulegen. Dass sie nötig gewesen war, hatte sich gerade in ihrem Gespräch gezeigt. Er war stolz auf seine Katie. Sie hatte ein Selbstbewusstsein im

161

letzten halben Jahr erlangt, dass ihn an die Katie aus ihrer Kennenlern- und frühen Beziehungszeit erinnerte. Dass sie dieses neu erlangte Selbstbewusstsein auch gegen ihn verwendete, ließ ihn schmunzeln. Es zeigte, dass er ihr nicht egal war. Egal würde bedeuten, sie ließe alles über sich ergehen und würde nicht um ihr Recht kämpfen. Aber in diesem Fall musste sie ihren Sturkopf und ihr Autonomiebedürfnis hintenanstellen. Als ob er sie in der aktuellen Lage mit allem allein zurechtkommen lassen würde!

Er stand von seinem Platz auf dem Couchtisch auf und ließ Katie allein, die gerade dabei war einzuschlafen. Der Unfall war wirklich heftig gewesen und nahm sie immer noch mit. Eine Woche war bereits vergangen und Katie war immer noch bei der kleinsten Anstrengung sehr schnell erschöpft. Er nutzte die Zeit, um für sich und die Kinder ein kleines Mittagessen zumachen und die Bolognese für ihr Abendessen vorzubereiten.

Die Kinder waren, nachdem sie vom Krankenhaus zurückgekehrt waren, direkt nach draußen gegangen und spielten nun im Garten. Nachdem die Sandwiches fertig waren, rief er sie leise von der Terrassentür aus herein, um Katie nicht zu wecken. Trotz der aktuellen Lage fühlte er sich gut. Selbstverständlich tat Katie ihm unglaublich leid und er konnte sich überhaupt nicht ausmalen, wie sie sich fühlen musste bei all den Schmerzen und körperlichen Einschränkungen. Nichtsdestotrotz tat es gut, hier zu sein, seine Kinder und seine Frau um sich zu haben und sich um alle kümmern zu können. Er nahm sich fest vor, diese neue Chance nicht zu vermasseln. Das war er Katie und seinen Kindern schuldig.

# ACHTZEHN

Verschwitzt und am ganzen Körper zitternd wachte Katie aus ihrem Albtraum auf. Der LKW war mit aufgeblendeten Lichtern in rasender Geschwindigkeit auf sie zugefahren. Katie war wie erstarrt gewesen und hatte nur auf den LKW blicken können, der immer näher auf sie zugekommen war. Plötzlich hatte er in unglaublicher Lautstärke angefangen zu hupen. In dem Moment war sie aufgewacht.

Ein Blick auf den Wecker auf ihrem Nachttisch zeigte Katie, dass es gerade einmal halb vier war. Das Herz klopfte ihr bis zum Hals und unter dem Gips juckte ihr Bein. Um sich abzulenken, sowohl von dem Traum, der sich viel zu echt anfühlte, als auch von ihren körperlichen Zimperlichkeiten, entschloss sie sich, einen Tee zur Beruhigung zu trinken.

Die Gehhilfe stand neben ihr an den Nachttisch gelehnt und sie griff danach, um sich aus dem Bett zu wuchten. Mit nur einem Arm war ihre Fortbewegung zurzeit ein einziger Kampf, der sowohl extrem an ihren Kräften als auch an ihren

Nerven zerrte. Am liebsten hätte sie sich sofort wieder zurück auf das Bett gelegt, aber sie wollte jetzt nicht aufgeben und klein beigeben.

Ihre Genesung ging leider nicht so schnell voran, wie sie sich das wünschte. Langsam wurde sie ungeduldig. Die Bäckerei war nach nur einem Tag geschlossen, weil sie in ihrem aktuellen Zustand nicht in der Küche stehen und backen konnte. Eine Aushilfe war schwierig zu bekommen, zumal Katie sie überhaupt nicht einweisen konnte. Damit war ihr Erfolg vom Eröffnungstag für die Katz gewesen.

Außerdem hatte Clayton ihr Haus in Beschlag genommen und sie konnte nur hilflos herumsitzen und sich das Ganze ansehen, ohne etwas dagegen zu unternehmen. Sie wusste nicht, was sie von seiner Anwesenheit halten sollte. Den Kindern gefiel es sehr, ihren Vater rund um die Uhr zuhause zu haben. Sie hatten sich schnell an den neuen Alltag gewöhnt. Aber was war, wenn Clayton nach ihrer Genesung wieder auszog? Auch schwebte da immer noch der Kuss aus der Bäckerei über ihnen. Bisher hatte keiner von ihnen das Thema angesprochen, obwohl sie schon mehrmals allein zu Hause gewesen waren, während Calvin in der Schule und Lani im Kindergarten war. Aber Clayton machte einfach sein Ding. Er arbeitete aus ihrem Arbeitszimmer ein paar Stunden an seinem Laptop, anschließend kümmerte er sich um den Haushalt, kochte Essen vor und fuhr einkaufen, bevor er die Kinder wieder abholte. Zwischendurch erkundigte er sich nach ihrem Befinden, brachte ihr kleine Snacks und Getränke und half ihr auf, wenn sie ins Bad musste.

Er schien sich hier wirklich pudelwohl zu fühlen. Wenn er der Hausarbeit nachging, summte er vor sich hin. Wenn er nach ihr sah, strich er ihr im Vorbeigehen eine Haarsträhne hinter ihr Ohr oder berührte flüchtig ihren Rücken, wie um sie zu streicheln. Er schien alles als selbstverständlich zu sehen.

164

Aber das war es nicht, verdammt! Er war ausgezogen, weil er es nicht mehr in ihrer Nähe ertragen hatte. Wie konnte er jetzt so tun, als sei nie etwas zwischen ihnen vorgefallen? Warum war er auf einmal der ruhige verständnisvolle Ehemann, der sich unaufgefordert um alles kümmerte, ohne mit der Wimper zu zucken? Was hatte sich geändert?

Katie wusste es nicht. Und heute Nacht würde sie es auch nicht mehr in Erfahrung bringen. Das ganze Haus war still und dunkel. Mittlerweile hatte sie es bis in den Flur im Obergeschoss geschafft und versuchte sich nun daran, mit nur einem funktionierenden Arm und Bein die Treppe hinunterzusteigen. Was sie mit der Gehhilfe machen sollte, wusste sie nicht. Ihr linker Arm steckte immer noch in einer Schlinge. Normalerweise trug Clayton sie für sie nach unten und half ihr anschließend auch die Treppe hinunter. Aber sie würde ihn ganz gewiss nicht aufwecken. So hilflos war sie nun auch nicht.

Entschlossen lehnte sie die Krücke an die Wand. Dann würde sie sich im Erdgeschoss eben an der Wand bis in die Küche entlanghangeln. Auf der Treppe benötigte sie sie eh nicht.

Als Katie die Treppe fast hinuntergestiegen war, hörte sie auf einmal, wie ihre Gehhilfe von der Wand abrutschte und zu Boden fiel. Nur wenige Sekunden später hörte sie Schritte aus dem Gästezimmer, in dem Clayton schlief. Mit einem Ruck riss er die Tür auf und sah sich verwirrt im hellerleuchteten Flur um. Sein fragender Blick ging zu ihr.

»Katie, ist alles in Ordnung? Was machst du denn da unten?«

»Ich kann nicht schlafen und wollte mir einen Tee machen.«

»Warum hast du mir denn nicht Bescheid gesagt?«, fragte er sie mit einem Stirnrunzeln.

»Ich wollte dich nicht wecken…«

165

»Aber du kannst doch nicht mit deinem Bein mitten in der Nacht allein die Treppe hinuntergehen.«

Katie spürte, wie sie zunehmend genervt und ungeduldig wurde. Genau das hier hatte sie vermeiden wollen. Sie wollte einfach endlich wieder unabhängig und nicht auf seine Hilfe oder die von anderen angewiesen sein.

»Ich habe es doch fast geschafft. Die Treppe bin ich bereits hinuntergekommen.«

»Und wie wirst du vom Treppenabsatz bis in die Küche kommen und dir anschließend einen Tee kochen, wofür du eine Tasse aus dem Wandschrank nehmen musst?«

Clayton sah sie mit hochgezogenen Augenbrauen auffordernd, beinahe provozierend an. Er wusste genau, dass er sie in die Enge getrieben hatte. Verunsichert knabberte Katie auf ihrer Unterlippe herum. Clayton, der ihr bis eben noch in die Augen geblickt hatte, bemerkte dies und starrte plötzlich auf ihren Mund. Bildete sie sich das ein oder verdunkelte sich sein Blick dabei verheißungsvoll?

Sie schüttelte den Gedanken ab und setzte zu einer Antwort an, doch Clayton hatte sich bereits gebückt, um ihre Gehhilfe aufzuheben und machte sich auf den Weg die Treppe hinunter. Unten angekommen drückte er sie in ihre freie Hand und ging vor ihr voran in die Küche.

Katie humpelte ihm hinterher und rief gleichzeitig: »Ich schaffe das auch allein. Du kannst wieder ins Bett gehen.«

Doch Clayton schien sich nicht beirren zu lassen und nahm den Wasserkocher, um ihn am Wasserhahn zu füllen. Nachdem er ihn eingeschaltet hatte, holte er eine Tasse aus dem Schrank und legte einen Teebeutel hinein. Er goss das heiße Wasser in die Tasse, holte sich ein Glas aus dem Schrank, füllte es mit Wasser und trank es in wenigen Schlucken aus. Ihre Worte ließ er unkommentiert. Clayton stellte sein Glas in den Geschirrspüler und griff nach ihrer Teetasse.

Anschließend wandte er sich wieder zu ihr um. »Komm, lass uns zurück ins Bett gehen. Dort kannst du in Ruhe deinen Tee trinken. Ich helfe dir nach oben.«

Widerwillig aber ohne etwas zu sagen, ließ sie sich von ihm nach oben und in ihr Bett helfen. Clayton ließ es sich nicht nehmen und schlug sogar ihre Bettdecke zurück, um sie anschließend über ihr auszubreiten und sie darin einzuwickeln, wie sie das jeden Abend bei ihren Kindern machte, zumindest vor dem Unfall. Die Gehhilfe stellte er in ihrer Reichweite an den Nachttisch. Anschließend beugte er sich über sie hinüber, strich ihr das Haar aus der Stirn und gab ihr einen Kuss auf die Wange. »Bis morgen, Katie. Schlaf gut.«

Sie flüsterte ihm nur ein gute Nacht zu und versuchte es sich unter der Bettdecke so bequem wie möglich zu machen. Für heute war sie zu erschöpft von ihrem Alleingang und nächtlichen Ausflug, um sich noch weiter Gedanken darüber zu machen, wie es weitergehen sollte. Sie hasste diese Abhängigkeit und diese Hilflosigkeit, die ihre Verletzungen nach dem Unfall mit sich brachten. Sie hasste, dass sie so auf ihn angewiesen war und nicht mehr ihrem Traum nachgehen und in der Bäckerei stehen konnte, um täglich leckere Sachen für ihre Kunden zu backen, wenn sie denn überhaupt Kunden hatte. Die Bäckerei war schließlich nach nur einem Tag wieder geschlossen worden, weil sie zu unfähig war, um Auto zu fahren und auf sich aufzupassen.

Das hatte sie nun davon. Dieser dumme, dumme Kuss. Warum hatte sie ihn auch initiieren müssen, als Clayton sie mit seiner Nähe so völlig überrumpelt hatte? Sie hatte die Situation überhaupt nicht kommen sehen. Auf der Suche nach einer Antwort auf die Frage, warum sie ihn in diesem Moment geküsst hatte, hatte sie die gesamte Autofahrt nach Hause nur daran denken können. Sie war so verwirrt gewesen: Von Claytons Verhalten, von ihren Gefühlen... Und dann war es passiert. Auch wenn sie Grün gehabt hatte, hätte sie vorher doch nach links blicken und den Wagen sehen müssen, der auf sie zugerauscht kam. Die Schuldgefühle, dass sie den Unfall nicht verhindert hatte, zerfraßen sie innerlich. Sie hatte das Gefühl, ein tonnenschweres Gewicht saß auf ihrer Brust und wollte einfach nicht verschwinden. Ihre Kinder mussten sie für die schrecklichste Mutter auf Erden halten, nun da sie sie so hilflos sehen mussten und Katie sich nicht mehr um sie kümmern konnte, sondern alles Clayton erledigen ließ.

Sie spürte, wie ihr die Tränen kamen, doch für den Moment unterdrückte sie sie und wollte nicht weiter darüber nachdenken, was das alles für sie und ihre Zukunft bedeutete. Sie wollte auch nicht darüber nachdenken, was Claytons Anwesenheit in ihrem Haus und in ihrem Leben für sie und die Kinder bedeutete. Die Chance auf eine gemeinsame Zukunft war vorbei. Der Zug war bereits vor langer Zeit abgefahren, als Clayton sich von ihr getrennt hatte und ausgezogen war. Sie hatten schließlich keine Beziehungspause eingelegt oder sich nur auf Zeit getrennt. Nein, sein Abgang war ohne Option auf eine Rückkehr gewesen. Seine Anwesenheit bedeutete nichts anderes, als ihr unter die Arme zu greifen, bis sie wieder auf beiden Beinen stand; im wahrsten Sinne des Wortes.

Sobald es ihr besser ging und sie mit dem Haushalt und den Kindern wieder allein zurechtkam, würde er seine Sachen packen und ausziehen. Das hier bedeutete nichts, das wusste sie und sie musste aufpassen, um sich nicht der sinnlosen Hoffnung hinzugeben, die versuchte sich Raum in ihrem Inneren zu schaffen und ihr Herz schneller schlagen ließ. Dieser dumme Kuss bedeutete rein gar nichts.

Clayton lag nach dem nächtlichen Ausflug in die Küche noch lange wach in seinem Bett im Gästezimmer und starrte an die

168

Zimmerdecke über sich, die schwach vom Mondlicht beleuchtet wurde. Es hatte wirklich den Anschein, dass Katie über ihn hinweg war und es keine Chance mehr für sie auf eine gemeinsame Zukunft gab. Sie wirkte so unterkühlt, regelrecht abweisend auf ihn; als könnte sie seine Nähe kaum ertragen und nur aufgrund ihrer aktuellen Situation gerade so erdulden. Dabei versuchte er wirklich alles, um sie zurückzugewinnen und sie von seinen guten, ehrbaren Absichten zu überzeugen.

Ging er dabei zu subtil vor? Womöglich hatte er sie mit seiner kurzzeitigen Trennung und dem Auszug so sehr verletzt, dass sie ihm nun nicht mehr vertrauen konnte. Wie also sollte er sie überzeugen, dass sie zusammengehörten? Dass sie ein unschlagbares Team waren und sich gegenseitig guttaten? Er war zwischenzeitig so blind gewesen, hatte nicht gesehen, wie sie mit ihren Dämonen zu kämpfen hatte und war nur auf sich und sein berufliches Weiterkommen fixiert gewesen. Aber er hatte sich geändert, genauso wie sie. Er hatte seine Fehler erkannt und arbeitete jeden Tag daran, das Katie zu beweisen.

Sie war so eine Kämpfernatur, von Anfang an hatte sie ihn mit ihrem Selbstbewusstsein regelrecht umgehauen. Da hatte er sich einfach nicht eingestehen können, dass sie diesen großen schweren Kampf tief in ihrem Inneren, den sie tagtäglich führte, nicht allein bewältigen konnte, ja auch gar nicht sollte. Dafür hatte sie doch eigentlich ihn an ihrer Seite gehabt. In guten wie in schlechten Zeiten, hatte er Katie vor dem Standesbeamten an ihrem Hochzeitstag geschworen. Kein Wunder, dass sie ihm nun nicht mehr vertraute, wenn er sich nur allzu gerne an die guten Zeiten hielt, sich aber auf und davon machte, sobald sich schlechte Zeiten am Horizont zeigten.

Offensichtlich musste er seine Anstrengungen auf das nächste Level bringen und sich noch mehr ins Zeug legen. Katie sollte sich auf ihn verlassen können, egal wie es gerade in ihrem Leben aussah oder was das Schicksal mit ihnen vorhatte. Ein Plan begann in seinem Kopf zu reifen.

Am nächsten Morgen war Clayton schon früh wach, um alles in die Wege zu leiten. Katie betrat gerade die Küche, als er sein Gespräch beendete und auflegte. Hoffentlich hatte sie nichts mitbekommen. Da fiel ihm auf, dass sie samt Gehhilfe in der Küche stand und außerdem bereits angezogen war. Wie hatte sie das nur hinbekommen? Sie sollte doch nach ihm rufen, wenn sie sich anziehen, geschweige denn die Treppe hinunterkommen wollte. Das ließ er sie auch wissen.

Katie streckte nur trotzig ihr Kinn nach vorne. »Ich bin kein kleines Kind mehr, das vollkommen auf die Hilfe von anderen angewiesen ist, weil es noch nichts allein bewerkstelligen kann, Clayton«, ließ sie ihn aufgebracht wissen.

»Das weiß ich, Katie«, versuchte er sie und irgendwie auch sich selbst zu beschwichtigen. Dass sie partout jede Hilfe von ihm ablehnte, machte ihn wahnsinnig. Tief durchatmend sprach er weiter: »Deine Verletzungen machen es dir aber quasi unmöglich, dich allein zu bewegen. Du musst dich schonen und so wenig wie möglich belasten, damit alles gut verheilen kann und du keine bleibenden Schäden davonträgst. Ich bin nicht dein Feind, Katie. Ich möchte dir lediglich helfen.«

Mit zur Seite ausgestreckten Armen stand er vor ihr und versuchte ihr deutlich zu machen, wie ernst es ihm war. Katie ließ die angehaltene Luft abrupt entweichen und er bemerkte, wie sie versuchte, sich wieder zu beruhigen. »Ich weiß. Es fällt mir nur so extrem schwer, Hilfe anzunehmen.«

»Das weiß ich, mein Liebling. Und ich bin unglaublich stolz auf dich, wie du das alles meisterst. Aber in diesem Fall musst du etwas Hilfe von mir annehmen, nicht nur in Bezug auf die Kinder.«

Bei seinem Kosenamen für sie hatte sie die Augenbrauen gerunzelt, ließ es aber unkommentiert. Clayton wurde zunehmend frustrierter. Es konnte doch nicht sein, dass sie so gar nicht auf seine Avancen einging und, egal was er sagte oder tat, alles von sich abprallen ließ. Er war froh über seinen Plan, den er sich letzte Nacht ausgedacht hatte, denn er wusste, dass er nun größere Geschütze auffahren musste, um irgendwie die Mauer, die sie um sich herum errichtet hatte, durchdringen zu können. Zum Glück war er ausdauernd und hatte auch alle Zeit der Welt, um sie endlich zurückgewinnen zu können.

Katie wandte sich ohne ein weiteres Wort zu sagen von ihm ab und er bemerkte, wie sie versuchte eine Tasse aus dem Schrank zu nehmen. In wenigen Schritten war er bei ihr und griff an ihr vorbei in den Schrank zu ihrem Lieblingsbecher. Anschließend stellte er ihn unter den Vollautomaten und ließ die Tasse mit frischem Kaffee volllaufen. Ein kurzer Gang zum Kühlschrank und er hatte den Kaffee genauso zubereitet, wie sie ihn liebte, mit ganz viel Milch und einem Schuss Vanillesirup, sodass man den Kaffee kaum noch schmeckte. In all den Jahren, die sie bereits zusammen waren, hatte sich an der Art und Weise, wie sie ihren morgendlichen Kaffee trank, nie etwas geändert. Mit einem leichten Lächeln im Gesicht überreichte er ihr die Tasse. Katie war mittlerweile zum Küchentisch gehumpelt und hatte sich auf einem der Stühle niedergelassen.

Dankend nahm sie den Becher entgegen. Nach der unterbrochenen Nacht wirkte sie noch müder als am Vortag und er nahm sich vor, sie heute nicht allzu sehr zu bedrängen und ihr alle Ruhe zu geben, die sie benötigte, um sich weiter von den Strapazen des Unfalls erholen zu können. Außerdem hatte er sowieso einen Plan in die Tat umzusetzen und dafür noch einiges zu organisieren und in die Wege zu leiten. Mit einem Summen wandte er sich erneut dem Kühlschrank zu und begann, das Frühstück vorzubereiten, ehe er die Kinder weckte.

# NEUNZEHN

>> Clayton, was machen wir hier?«
Katie war alles andere als erfreut darüber, dass Clayton sie gegen ihren Willen in seinen Geländewagen verfrachtet hatte und mit ihr zur Bäckerei gefahren war. Wenn er ihr unter die Nase reiben wollte, wie wenig sie zurzeit in der Lage war, ihrem Traum nachzugehen, leistete er ganze Arbeit. Ihr Herz zog sich schmerzhaft zusammen und sie konnte nicht glauben, dass Clayton ihr das wirklich antat. Er musste doch wissen, wie viel ihr diese Bäckerei bedeutete.

Doch Clayton schien sich von ihren Worten nicht beirren zu lassen. Mit einem Lächeln im Gesicht drehte er sich zu ihr um, während er ihr die Tür aufhielt, damit sie hineingehen konnte. Aber weit kam sie nicht. Verblüfft blieb sie auf der Türschwelle stehen und blickte mit weit aufgerissen Augen in die Bäckerei. Eine junge Frau mit dunklen Haaren, die sie zu einem hohen Zopf gebunden hatte, und einem freundlichen Lächeln stand hinter dem Tresen und bereitete gerade einen Milchkaffee an

173

dem großen Vollautomaten zu. Mehrere Tische waren mit Gästen besetzt und die Auslage war mit allem möglichen Gebäck gefüllt. Was ging hier vor sich? Verwirrt blickte Katie zu Clayton.

In dem Moment entdeckte die unbekannte Bedienung sie, stellte den Milchkaffee vor einem der Gäste ab und kam darauf mit einem Lächeln auf sie zu.»Wie schön, Sie endlich kennenzulernen, Katie! Ich bin Joanna. Wie geht es Ihnen? Hat Clayton Ihnen erzählt, wen er tolles für die Backstube ergattern konnte, bis Sie wieder übernehmen können?«

Mit großen Augen sah Katie zu Clayton. Sie konnte das alles kaum glauben. Er hatte doch nicht wirklich...? Mit einem verlegenen Lächeln sah Clayton zu ihr hinunter.»Ich hoffe, du bist mir nicht böse. Ich weiß, wie viel dir das Café bedeutet und nach nur einem einzigen Verkaufstag musst du dir enorme Sorgen um dein Geschäft gemacht haben. Da habe ich neben Joanna nach jemandem gesucht, der deine Rezepte umsetzen kann und in der Backstube aushilft, bis du wieder auf beiden Beinen stehst.«

Katie hatte es die Sprache verschlagen. Sie wusste nicht, was sie darauf erwidern sollte und sie wusste auch nicht, ob sie sauer auf ihn sein sollte, weil er sich in ihre Angelegenheiten eingemischt hatte, oder ob sie ihm vor Freude um den Hals fallen sollte, weil er ihr Geschäft am Leben erhielt.

In diesem Moment erinnerte sie sich an etwas, was sie von Eleanor gelernt hatte. Sie hatte immer die Tendenz gehabt, die Dinge, egal um was es sich handelte, negativ zu sehen; ein altes Verhaltensmuster aus ihrer Vergangenheit, welches sich nur schwierig abschütteln ließ. Sie musste sich bewusst dafür entscheiden, die Dinge positiv zu sehen und anzugehen. Das war gar nicht so einfach, wenn man immer alles im schwarzen Licht betrachtete oder davon ausging, sein Gegenüber wollte

174

nur etwas Böses und alle waren sowieso immer gegen einen. Das war auch ein Punkt, den Clayton sehr lange immer wieder an ihr kritisiert hatte, als sie noch zusammen gewesen waren.

In diesem Moment entschied sie sich also für das Positive und mit einem Lächeln im Gesicht sah sie Clayton an. »Danke dir! Das hättest du nicht machen müssen.«

Clayton schien von ihrer Antwort überrascht zu sein. Auch wenn er ihr eine Freude machen wollte, hatte er offensichtlich mit mehr Gegenwehr gerechnet. Das war bei ihrem aktuellen Verhalten und ihren früheren Tendenzen auch nicht verwunderlich. Aber er schien sich schnell wieder zu fangen. »Doch, Katie. Das war notwendig. Ich weiß, wie viel dir die Bäckerei bedeutet. Sie nach dieser ganzen Arbeit, die du hineingesteckt hast, nicht zum Laufen zu bekommen, hätte dir das Herz gebrochen, das weiß ich. Es war also notwendig.«

Mit einem aufrichtigen Lächeln sah er sie aus seinen strahlend blauen Augen, die sie früher so in den Bann gezogen hatten, an. Die Farbe seiner Augen war ihr schon lange nicht mehr so deutlich aufgefallen wie in diesem Moment. Offensichtlich sah sie ihn seit langer Zeit zum ersten Mal wieder richtig an, wurde ihr bewusst.

Sie hatte keine Hand frei aufgrund der Schlinge an ihrem linken Arm und der Gehhilfe rechts, ansonsten hätte sie ihn wahrscheinlich umarmt, so dankbar war sie ihm in diesem Moment. Es lohnte sich also doch, seine Perspektive zu überdenken und sich auf die positiven Dinge zu konzentrieren. So nickte sie ihm dankend mit einem Lächeln zu und ging langsam weiter. Sie hoffte, Clayton wusste auch so, wie dankbar sie ihm tatsächlich war und dass sie seine Hilfe nicht als selbstverständlich ansah. »Dann stell mich doch mal dieser lieben Fee vor, die hier alles am Laufen hält; neben Joanna natürlich«, ergänzte sie mit einem Grinsen in Richtung der Bedienung.

175

»Ihr Wunsch ist mir Befehl, Ma'am«, antwortete Clayton neckisch.

Gemeinsam gingen sie durch das Café nach hinten in die Küche und begrüßten auf dem Weg die Gäste, die an den Tischen saßen und die Leckereien verspeisten.

In der Backstube angekommen, erblickte Katie ihre Helferin in der Not sofort. Sie sah sich einer älteren und etwas korpulenten Frau gegenüber, die gerade vor der Knetmaschine stand und etwas hineinfüllte. Mit erhitzten Wangen drehte sie sich zu ihnen um und blickte sie freundlich an. »Hallo, Sie müssen Katie sein! Clayton hat mir schon viel von Ihnen erzählt.«

Mit hochgezogener Augenbraue sah Katie zu Clayton zurück, der hinter ihr stehen geblieben war. »Ich hoffe doch nur Gutes.«

»Aber natürlich, Liebes. Ich bin Marie und es ist mir eine Ehre, hier aushelfen zu dürfen. Ihre Rezepte sind wirklich fantastisch! Ihr Mann hat mir gezeigt, wo Sie sie aufbewahren, als er mich herumgeführt hat.«

»Danke sehr«, erwiderte Katie perplex. An ihrem Rücken spürte sie Claytons Hand, der sie vorsichtig in die Backstube schob.

»Marie war vor ihrem Ruhestand Bäckermeisterin und hatte selbst ihr eigenes Geschäft«, erzählte Clayton.

»Genau, und da mir zu Hause die Decke auf den Kopf fällt, wenn ich zu wenig zu tun habe, freue ich mich über jede neue Aufgabe. Diese hier kam gerade rechtzeitig, bevor sich mein Jack nach einer neuen Bleibe hätte umsehen müssen, weil ich ihn mit meiner Langeweile in den Wahnsinn getrieben habe.«

Katie lachte überrascht auf. Sie wusste nicht, ob die ältere Frau vor ihr scherzte. So oder so fand sie Marie aber unheimlich sympathisch. Es blieb einem aber auch gar nichts anderes übrig, als sie zu mögen. Sie strahlte so viel

176

Lebensfreude und Gutmütigkeit aus, da konnte Katie sich noch eine Scheibe abschneiden, dachte sie mit einem Anflug von Selbstironie. »Ja, Clayton hatte schon immer ein Händchen für solche Glücksfälle«, antwortete sie mit einem schelmischen Grinsen in seine Richtung. Dieser stieß bei diesem Zugeständnis ein überraschtes Lachen aus, während seine Augenbrauen in die Höhe schossen. Zurück an Marie gewandt, fragte sie die erfahrene Bäckerin: »Finden Sie denn alles, was Sie brauchen? Soll ich beim Großhandel anrufen und noch Zutaten nachbestellen?«

»Nein, mein Kind. Es ist alles Notwendige da und auch nicht zu wenig. Sie haben hier ein wirklich sehr gut organisiertes System auf die Beine gestellt. Es macht mir riesigen Spaß hier zu arbeiten.«

Bei dem Kompliment wurde Katie ganz warm. Und ja, sie war wirklich stolz auf das, was sie hier bereits im Voraus geleistet und organisiert hatte. Ihr ganzes Herzblut hatte sie hier hineingesteckt, um die Bäckerei möglichst schnell zum Laufen zu bringen und rentabel zu machen. »Wenn etwas fehlen oder zur Neige gehen sollte, melden Sie sich bitte umgehend und ich kümmere mich darum. Ein bisschen kann ich auch meinen Teil dazu beitragen, selbst von der Couch Zuhause aus.«

Marie versicherte ihr mit einem Lächeln, dass sie das tun würde.

»Wollen wir uns noch vorne hinsetzen und einen Kaffee trinken und Maries Backkünste austesten, Katie?«, wollte Clayton von ihr wissen, als sie sich nach ihrem Gespräch mit Marie wieder zu ihm umdrehte.

Katie war dankbar für das Angebot, denn langsam konnte sie sich nicht mehr auf den Beinen halten. Der Ausflug hatte sie ermüdet und Clayton musste ihr angesehen haben, dass sie dringend eine Pause benötigte. »Gern«, antwortete sie ihm und ließ sich langsam von ihm nach vorne in den Verkaufsraum zu einem der Tische führen.

Mit einem Ächzen setzte sie sich auf einen der Stühle und versuchte, die Gehhilfe neben ihr abzustellen. Clayton war schneller und arrangierte sie so, dass sie auch nicht umfallen würde. Dafür hatte Katie nämlich ein Händchen, hatte sie sehr schnell nach ihrer Entlassung aus dem Krankenhaus feststellen müssen.

Mit einem Augenzwinkern ließ Clayton sich ihr gegenüber nieder. Katie ließ ihren Blick Richtung Auslage wandern, um sich von seinen funkelnden Augen abzulenken. Was war nur heute mit ihr los? Seine Augen, seine Blicke, seine Worte, alles an ihm hatte wie aus dem Nichts eine Wirkung auf sie, die sie noch vom Anfang ihrer Beziehung kannte. Der Gedanke ließ sie stocken.

»Was hättest du gerne? *Nothing-plain-'bout-it Vanilla*?«

Verwirrt blickte sie erneut zu Clayton, der sie mit einem breiten Grinsen im Gesicht ansah. »Was?«, fragte sie ihn wenig geistreich.

»Ich wollte von dir wissen, was von der Auslage du gerne hättest, damit ich es dir holen kann.«

Noch immer stand ihm dieses unverschämte, von sich selbst überzeugte Grinsen im Gesicht. Am liebsten hätte sie es ihm weggeküsst. Moment… Was? Woher kam dieser Gedanke denn? Die Hormone mussten heute mit ihr durchgehen. Es lag wahrscheinlich daran, dass sie sich so lange in geschlossenen Räumen aufgehalten hatte und heute zum ersten Mal vor die Tür getreten war, seit sie aus dem Krankenhaus entlassen worden war. Sie schob den Gedanken beiseite und antwortete ihm bewusst gelassen: »Ich brauche nichts weiter, nur einen Cappuccino bitte.«

»Alles klar, kommt sofort.« Mit seinen Worten erhob sich Clayton und ging zu Joanna, um ihre Bestellung aufzugeben.

Katie ließ den Blick durch das Café wandern und bekam nicht mit, wie Clayton zurück an ihren Tisch trat. Im nächsten Augenblick stellte er einen Teller mit einem Vanille-Cupcake vor ihr ab.

»Ich wollte doch nichts weiter.«

»Katie, mir kannst du nichts vormachen.« Clayton grinste sie schon wieder an. Katie schnaufte nur. Unbeirrt sprach er weiter: »Erstens weiß ich, dass du dringend etwas Süßes brauchst, so wie du gerade aussiehst.« Erneut stieß sie ein Schnaufen aus. »Und zweitens musst du sicherstellen, dass die Sachen von Marie tatsächlich nach deinen Vorstellungen schmecken. Du bist eine Perfektionistin und das hier ist dein Café mit deinem Namen auf der Tür. Egal, wer in der Küche steht und backt.«

Ertappt blickte Katie nach unten vor sich auf den Tisch. War sie so durchschaubar? Aber das hier war Clayton. Wenn einer sie kannte und wusste, wie sie tickte – zumindest früher getickt hatte, rief eine zynische Stimme in ihrem Inneren –, dann er.

Im nächsten Moment spürte sie, wie er seine Finger unter ihr Kinn legte und es leicht anhob, damit sie ihn wieder anschauen konnte. »Hey, das sollte kein Vorwurf sein und ich wollte dich auch nicht bloßstellen. Es tut mir leid.«

Mit einem ernsten und gleichzeitig liebevollen Ausdruck sah Clayton ihr in die Augen. Katie nickte leicht. Was gab es da schon zu verzeihen, wenn er lediglich das Offensichtliche ausgesprochen hatte?

»Und nun greif zu. Ich bin mir sicher, er wird dir schmecken. Auch wenn du ihn nicht selbst gebacken hast.« Wieder war da dieses Zwinkern. Dieses Mal wurde es von einem kurzen Aussetzer ihres Herzens begleitet. Das musste an der Vorfreude auf den Cupcake liegen, versuchte Katie sich einzureden. Aber wem wollte sie hier eigentlich etwas vormachen? Entschlossen griff sie nach dem Cupcake und biss hinein. Das Seufzen, das ihr über die Lippen kam, ließ sich nicht aufhalten. Er schmeckte aber auch zu gut. Genau nach ihrem Rezept, mit der richtigen Konsistenz. Sie musste gleich noch einmal nach hinten in die Backstube gehen und sich erneut bei Marie bedanken, dass sie hier so tolle Arbeit leistete.

»So gut?«, vernahm sie Claytons ruhige tiefe Stimme. Hatte sie einen rauchigen Klang angenommen oder bildete sie sich das ein? Ein Blick in sein Gesicht ließ sie nervös mit ihrer Zunge über ihre Unterlippe fahren, die plötzlich ganz trocken war. In Claytons Augen, die ihre Bewegung mitverfolgt hatten, stand ein hungriger Blick, der sich in diesem Moment noch weiter verdunkelte.

Das hier nahm gerade gefährliche Seiten an. So ein Kuss wie an ihrem Eröffnungstag durfte nicht noch einmal geschehen. Sie konnte ja immer noch hautnah spüren, was für Folgen so eine willkürliche Handlung mit sich brachte, wenn sie an ihren Unfall dachte und einen Blick auf ihre Schlinge und ihr Gipsbein warf.

Clayton ignorierend, biss sie erneut in den Cupcake und versuchte sich auf andere Gedanken zu bringen.

180

# ZWANZIG

Katie konnte es noch immer nicht glauben. Wie durch ein Wunder war ihre Bäckerei, ihr Lebenstraum, trotz ihres Unfalls noch am Leben. Sie konnte es kaum fassen. Sie hatte wirklich geglaubt, dass die ganze Arbeit, die sie in das Projekt hineingesteckt hatte, umsonst gewesen war und sie noch einmal von vorne hätte beginnen müssen, aber nein. Voller Freude blickte sie über den gedeckten Esstisch auf Clayton. Es war kein Wunder, wurde ihr bewusst. Clayton war es, der ihren Traum am Leben erhalten hatte. Sie wusste wirklich nicht, was sie ohne ihn in ihrer derzeitigen Lage getan hätte.

Clayton tat gerade etwas Brokkoli auf Lanis und Calvins Teller, als er ihren Blick zu spüren schien und mit einem sanften Lächeln in ihre Richtung aufblickte. Katie konnte den Blick nicht von ihm abwenden, obwohl es ihr noch immer komisch vorkam und ihr Verstand sie dazu drängte, sofort wieder wegzusehen. Sie bemerkte, wie sich ein fragender Ausdruck in seine Augen schlich.

»Ist alles in Ordnung, Katie?«, wollte er von ihr wissen.

»Ja«, krächzte sie. Vor lauter Aufregung und überwältigenden Emotionen war ihre Stimme ganz belegt. Sie atmete einmal tief durch und versucht es erneut. »Ja, natürlich. Es ist alles in bester Ordnung. Vielen Dank für alles, Clayton!«

Sein Lächeln vertiefte sich und er griff über den Tisch hinweg nach ihrer Hand. »Du brauchst dich nicht für etwas bedanken, was selbstverständlich ist, Katie. Ich mache das gerne für dich und euch. Ich hatte auch einiges wiedergutzumachen.«

»Aber es ist nicht selbstverständlich.« Katie musste sich sammeln, um das zu sagen, was ihr auf dem Herzen brannte. »Dass du hier bist, ist nicht selbstverständlich, Clayton. Nicht nach den letzten Jahren und nach all dem, was du mitmachen musstest.«

»Lass uns jetzt nicht darüber reden, Liebes. Wir können das nachher in Ruhe besprechen«, erwiderte er mit einem kurzen Blick auf die Kinder. Katie nickte stumm und widmete sich wieder ihrem Abendessen.

Als sie fertig waren, halfen die Kinder Clayton beim Abdecken und Aufräumen der Küche. Katie humpelte zur Couch ins Wohnzimmer und ließ sich darauf nieder. Mit ihrem heilen Arm griff sie nach ihrem Laptop, den Clayton auf dem Couchtisch für sie abgestellt hatte. Wie sie ebenfalls heute erst erfahren hatte, hatte Clayton sich sogar bereits um ihre Buchhaltung gekümmert und da sie nun über alles im Bilde war, wollte sie einen Blick auf die finanzielle Lage ihres Geschäfts werfen.

Während sie ein wenig arbeitete, hörte sie, wie sich Clayton und die Kinder in der Küche munter miteinander unterhielten. Wärme stieg in ihr auf. Die Kinder waren so glücklich und ausgeglichen, seit Clayton wieder bei ihnen zu Hause wohnte. Es war offensichtlich, dass ihr Vater ihnen gefehlt hatte. Aber was bedeutete das für die Zukunft? Was würde passieren, wenn Katie wieder genesen war und allein im Haushalt zurechtkam? Würde Clayton dann einfach wieder ausziehen und zurück in sein Appartement gehen? Wie würden die Kinder diese erneute Trennung aufnehmen?

Sie musste zugeben, auch sie hatte sich bereits wieder an seine Anwesenheit im Haus und in ihrem Alltag gewöhnt. Zunächst wollte sie sich das sich selbst gegenüber nicht eingestehen, aber es war schön, ihn zu Hause zu haben. Jemanden zu haben, auf den sie sich verlassen konnte und mit dem sie sich die kleinen alltäglichen Dinge teilen konnte, tat unheimlich gut. Nicht die Verantwortung für alles allein tragen zu müssen, war eine riesengroße Erleichterung.

An die Zeit nach ihrer Genesung wollte sie in diesem Moment allerdings nicht denken, also widmete sie sich stattdessen den Tabellen und Aufstellungen auf ihrem Laptop.

Nachdem die Kinder sich bettfertig gemacht hatten und Clayton sie ins Bett gebracht hatte, kam er bewaffnet mit einer Flasche Bier für sich und einem Glas Wein für Katie ins Wohnzimmer. Er stellte die Getränke vor ihnen auf dem Couchtisch ab und ohne sich wie sonst vorher ihre Erlaubnis einzuholen, setzte er sich ganz selbstverständlich zu ihr auf die Couch. Katie wollte ihm gerade Platz machen und etwas weiter von ihm wegrutschen, als er kurzerhand sowohl nach ihrem eingegipsten als auch ihrem gesunden Bein griff und ihre Füße auf seinen Schoß legte.

»Was wird das?«, wollte Katie irritiert von Clayton wissen und sah ihn mit hochgezogenen Augenbrauen an.

»Entspann dich«, erwiderte er unbekümmert.

Im nächsten Augenblick begann er, den Fuß und Unterschenkel von ihrem gesunden Bein zu massieren, wie er es früher oft gemacht hatte. Es dauerte einen Moment, in dem Katie wie erstarrt und angespannt mit aufrechten Rücken neben ihm saß. Aber schon bald macht sich die wohltuende Wirkung seiner Hände auf ihr bemerkbar und sie ließ sich zurück in die Kissen fallen. Nach einigen tiefen Atemzügen beruhigte sich auch langsam wieder ihr Herzschlag, der bei Claytons erster Berührung deutlich an Tempo zugelegt hatte.

Einen Moment lang ließ sie seine Massage ruhig über sich ergehen und begann, sie auch zu genießen, als sie bemerkte, wie Clayton sie mit seinem offenen Blick ansah. »Was sagst du zu deinen Finanzen?«, fragte er sie unvermittelt und sie konnte sein ehrliches Interesse aus seinen Worten heraushören.

Wäre es weiterhin still zwischen ihnen geblieben, wären Katie vermutlich im nächsten Augenblick vor lauter Entspannung die Augen zugefallen. So jedoch versuchte sie sich auf ihre Antwort zu konzentrieren. »Ich bin wirklich überrascht. Mit so einem guten Ergebnis habe ich im Leben nicht gerechnet in der aktuellen Situation. Vielen Dank noch mal, Clayton! Das hättest du wirklich nicht tun müssen.«

»Das Thema hatten wir doch schon, Katie. Du brauchst dich nicht andauernd dafür bedanken.«

Unbeirrt kneteten seine Daumen Kreise in ihren Unterschenkel. Als er eine besonders verhärtete Stelle traf und ihr sofort mehr Aufmerksamkeit schenkte, um den Knoten zu lösen, musste Katie mit aller Macht ein Stöhnen unterdrücken. Wie hatte sie seine Hände auf ihrem Körper vermisst! Erschreckt und vollkommen verdattert von dem Gedanken, blieb ihr das Herz für einen Moment stehen und sie musste sich ernsthaft bemühen, sich wieder auf ihre Unterhaltung zu konzentrieren. »Nein, Clayton. Es ist nicht selbstverständlich, wenn du eine Aushilfe für mein Geschäft organisierst«, widersprach sie ihm. »Es steht erst ganz am Anfang. Es ist somit noch gar nicht absehbar, ob es überhaupt ein lukratives Geschäft ist und es sich lohnt, es am Leben zu erhalten.«

Als ob er mit ihren Worten nicht einverstanden war, drückte er in diesem Moment noch fester auf den Knoten in Katies Muskulatur. Dieses Mal konnte sie sich ein Aufstöhnen nicht verkneifen und sie sah, wie sich Claytons Blick verdunkelte, als er ihr antwortete. »Was sagst du denn da, Katie? Du hast dein ganzes Herzblut in dieses Projekt gesteckt, so viel Zeit und Energie investiert und das Ergebnis ist unglaublich beeindruckend. Ich musste also jemanden vorübergehend einstellen, damit es am Leben erhalten bleibt und du etwas hast, wohin du zurückkehren kannst, wenn du wieder gesund bist.«

Clayton sprach deutlich mit Nachdruck und sah sie noch immer mit diesem intensiven Blick an. Katie musste die Tränen hinunterschlucken, die sich bei seiner emotionalen Rede in ihren Augen angesammelt hatten. Dass er so über ihren Traum dachte, war ihr nicht bewusst gewesen. Aber warum er so dachte, war ihr immer noch unklar. Also fasste sie sich ein Herz und fragte ihn geradeheraus: »Was möchtest du, Clayton? Warum tust du das alles?«

Fragend sah er sie an. Katie versuchte, die richtigen Worte zu finden. Es fiel ihr nicht leicht, aber sie brauchte endlich Klarheit. Ihre Gefühle waren so dermaßen durcheinander; durch den Unfall, durch seine Anwesenheit in ihrem Haus und in ihrem Leben, durch den Kuss, durch die aufregenden und arbeitsreichen Monate vor der Bäckereieröffnung, und natürlich auch durch die lange und intensive Arbeit an sich selbst mit Eleanors Hilfe, die immer mehr ihre positiven Erträge zeigte. Also nahm sie all ihren Mut zusammen und blickte ihn auffordernd an. »Was möchtest du von mir, Clayton? Was möchtest du von uns? Wie stellst du dir unsere Zukunft vor?« Selbstironisch lachte sie auf. »Siehst du überhaupt eine Zukunft oder was ist deine Absicht damit, dass du jetzt hier bei uns bist und mir im Haushalt und mit den Kindern und der Bäckerei hilfst?«

Clayton hatte, während ihre vielen Fragen nacheinander auf ihn eingeprallt waren, mit seiner Massage innegehalten und ging nun dazu über, ihr sanft über das Bein zu streicheln. Mit einem liebevollen Blick sah er ihr tief in die Augen. Seine andere Hand griff nach ihrer, die auf ihrem Oberschenkel lag und nervös mit einem losen Faden in ihrer Hose spielte. »Ist das denn nicht offensichtlich, Katie?«, fragte er mit sanfter Stimme.

Unsicher, was sie darauf antworten sollte, zuckte sie bloß mit den Schultern. Sanft streichelte sein Daumen über ihren Handrücken. Diese kleine, aber so bedeutende Geste tat so gut, dass Katie sie einfach unkommentiert geschehen ließ und ihre Hand nicht, wie zunächst unbewusst ihr Drang gewesen war, wegzog. Sie hörte, wie Clayton tief Luft holte, bevor er weitersprach. Instinktiv wusste sie, dass seine nächsten Worte Bedeutung hatten und ihr Herz begann aufgeregt in ihrer Brust zu schlagen. »Ich möchte zu dir und den Kindern zurückkommen. Es war ein Fehler, dass ich ausgezogen bin und dich verlassen habe. Ich weiß jetzt, dass ich dich niemals mit den Kindern und dem Haus hätte allein lassen dürfen. Du warst überfordert und unglücklich und hättest unbedingt meine Unterstützung benötigt. Und ich weiß nicht, ob und wie du mir das jemals verzeihen kannst, dass ich dich im Stich gelassen habe. Aber ich hoffe es so sehr und ich werde alles in meiner Macht Stehende tun, damit du mir verzeihst und wieder vertraust.« Clayton machte eine kurze Pause, wie um sich zu sammeln, bevor er mit belegter Stimme weitersprach: »Ich bin so unheimlich stolz auf dich und was du alles in den letzten Monaten geschafft hast. Du bist der stärkste Mensch, den ich kenne und dafür hast du meinen größten Respekt. Ich liebe dich noch immer über alles.«

186

Nun ließen sich die Tränen nicht mehr aufhalten und sie rannen ihr unbeirrt in einem steten Strom über die Wangen. Völlig überfordert von der Situation und Claytons unerwarteten und aufrichtigen Worten, entzog sie ihm ihre Hand, um sich die Tränen von den Wangen zu wischen. Unfähig, ihre Gedanken in Worte zu fassen, blickte sie überall hin außer in seine Richtung. Im nächsten Augenblick spürte sie seine Hand an ihrer Wange. Mit seinem Daumen strich er ihr die Tränen unter den Augen weg. »Wenn du mich jetzt noch nicht zurücknehmen und mir wieder vertrauen kannst, dann gefällt mir das zwar nicht, aber ich respektiere es. Aber Katie, du kannst mir glauben, ich werde kämpfen und ich werde alles tun, damit wir bald wieder vereint sind; du und ich und die Kinder. Wir gehören zusammen und es war ein so dummer Fehler von mir, das jemals in Frage zu stellen.«

Katie schluckte den Kloß in ihrem Hals hinunter, als sie ihm endlich in die Augen sah. Was sie dort erblickte, traf sie völlig unvorbereitet und mit voller Wucht. In seinen Augen stand eine so bedingungslose Liebe, wie sie sie seit Jahren schon nicht mehr dort gesehen und gespürt hatte. Ihr Herz stolperte in einem unregelmäßigen Rhythmus in ihrer Brust, als sich ein unendlicher Strom an Fragen den Weg in ihren Kopf bahnten. Konnte sie Clayton zurück in ihr Leben lassen? Liebte sie ihn denn überhaupt noch? Aber schon in der nächsten Sekunde wusste Katie, dass die Frage unbegründet war. Die Reaktion, die ihr Körper auf seine Berührungen hatte, war eindeutig. Die Gänsehaut, das Kribbeln am gesamten Körper und das Flattern in ihrem Bauch logen nicht. Die Gefühle waren eindeutig noch da. Die wichtigere Frage war jedoch, ob sie ihm wieder vertrauen konnte. Und das sagte sie ihm auch. »Was ist, wenn es mir mal nicht gut geht? Wenn ich mit mir selbst hadere? Wenn es mit meiner Bäckerei nicht gut läuft? Machst du mir dann Vorwürfe und wirfst wieder alles hin? Auch wenn es mir mittlerweile besser geht, wird es immer wieder Phasen und Momente geben, in denen ich traurig und überfordert bin, in denen es mir einfach nicht so gut geht. Diese Momente werden zwar immer weniger, aber es gibt sie noch. Was ist dann?«

Clayton sah sie mit ernstem Blick an. »Dann werde ich an deiner Seite sein, dich fragen, ob du darüber reden möchtest oder wie ich dir sonst helfen kann. Ich werde die Kinder morgens zur Schule bringen, nachdem ich ihnen ihr Frühstück zubereitet habe. Ich werde in der Bäckerei Tische abräumen und Krümel zusammenfegen und die Toilette putzen. Ich werde alles tun, was du brauchst, damit es dir wieder gut geht, denn du bist zusammen mit den Kindern das Wichtigste in meinem Leben.«

»Was ist mit deinem Job? Wirst du weiterhin so viel arbeiten und immer erst spät heimkommen, so wie es vor unserer Trennung war?« Katie konnte kaum glauben, dass sie hier saß und so offen mit Clayton über all das reden konnte. Die Fragen purzelten nur so aus ihr heraus. Und auch wenn es ein ernstes Thema war, so fühlte sie sich gut und ungehemmt, ihn mit ihren Fragen, die ihr Unsicherheit bereiteten, zu löchern. Und das Beste war, es schien Clayton nichts auszumachen. Im Gegenteil.

»Meine Karriere ist nicht so wichtig, wie meine Familie es ist. Ich habe einen sicheren und soliden Job. Ich habe viel erreicht in den letzten Jahren und ich habe während unserer Trennung gemerkt, dass ich an einem Punkt angekommen bin, an dem meine Karriere nicht mehr oberste Priorität hat. Du und Lani und Calvin haben das, nicht meine Arbeit.«

Aufrichtig sah Clayton sie an. Verwirrt und überwältigt von den vielen neuen Erkenntnissen aus der letzten halben Stunde, wandte Katie erneut den Blick ab. Er musste ihr Unwohlsein bemerken, denn erneut griff er nach ihrer Hand und hielt sie

188

sanft fest. »Du musst nichts heute entscheiden, Katie. Lass dir alles in Ruhe durch den Kopf gehen und denk darüber nach. Ich stehe zu meinem Wort. Ich weiß aber auch, dass ich mir dein Vertrauen erst wieder erarbeiten muss. Wenn du irgendetwas brauchst, sag mir das. Und nun helfe ich dir ins Bett. Du siehst müde aus, mein Schatz.«

Vorsichtig schälte er sich mit diesen Worten unter ihren Füßen hervor, die noch immer auf seinem Schoß lagen, und half ihr anschließend beim Aufstehen. Die Gehhilfe missachtend legte er einen Arm um ihren Rücken und ging langsam mit ihr den Flur hinab und die Treppe hoch in ihr Schlafzimmer.

# EINUNDZWANZIG

Katie war emotional völlig aufgewühlt und konnte es nicht erwarten, endlich mit sich und ihren Gedanken allein zu sein, um in Ruhe über alles nachdenken zu können. Doch Clayton schien alle Zeit der Welt zu haben, während ihr half. Gerade als er ihr wie jeden Abend beim Ausziehen ihres Shirts behilflich war, begann er mit rauer Stimme zu sprechen: »Weißt du eigentlich, wie viel Selbstbeherrschung es mich kostet, dir tagtäglich beim Ausziehen zu helfen und dich nicht berühren zu dürfen, so wie ich es mir sehnlichst erhoffe?«

Mit diesen Worten ließ er seinen Atem in einem Schwung entweichen. Völlig überrumpelt von seiner Frage, sah sie mit geweiteten Augen zu ihm hoch. Sein Blick war behangen und dunkel und die Begierde sprang förmlich aus seinen Augen auf sie hinab. Katie musste bei seinem Blick mehrmals schlucken. Ihr Herz klopfte in rasender Geschwindigkeit bis zu ihrem Hals. Unsicher biss sie sich auf ihre Unterlippe. Wie von dieser kleinen Geste magisch angezogen, glitt Claytons

Blick an ihrem Gesicht von ihren Augen zu ihrem Mund hinab. Sie hörte, wie er ein unterdrücktes Knurren von sich gab.

Sanft legte er eine Hand an ihren Unterkiefer und befreite ihre Lippe von ihren Zähnen. »Das solltest du sein lassen.«

Katie konnte die unterdrückte Lust in seinen leise gemurmelten Worten hören. Zögerlich legte sie ihre rechte Hand auf seine Brust, direkt über seinem Herzen. Sie konnte spüren, wie kräftig und schnell es unter ihrer Hand schlug. Wie von selbst neigte sie ihren Kopf nach hinten und streckte ihr Gesicht in seine Richtung. Unsicherheit begegnete ihr in Claytons Augen. Als sie sich im nächsten Augenblick mit ihrer Zunge über die Lippen leckte, die wieder einmal ganz trocken waren, schien es jedoch um Claytons Selbstbeherrschung geschehen zu sein. Mit einem erneuten Knurren senkte er seinen Mund auf ihren hinab. Nach einer gefühlten Ewigkeit trafen ihre Lippen endlich aufeinander.

Es fühlte sich wie nach Hause kommen an. Claytons Hände umrahmten ihr Gesicht und Katie schmiegte ihre Wange in seine Hand, während sie sich ganz dem Kuss hingab. Und was für ein Kuss es war. Zunächst fast keusch und so unglaublich sanft und süß, nahm er allmählich an Fahrt und Hingabe auf. Sie öffnete ihre Lippen, um Clayton Einlass zu gewähren und er ließ nicht lange auf sich warten. Ihre Zungen umtanzten einander und es fühlte sich an, als hätten sie nie etwas anderes getan. Als würden nicht so viele Monate der Trennung und unzählige Streitereien und Verletzungen zwischen ihnen liegen.

Katie gab sich ganz diesem berauschenden und hoffnungsvollen Kuss hin und sie wusste in diesem Moment, sie würden es schaffen. Sie beide würden dafür sorgen, dass es funktionierte. Stillschweigend hatten sie eine Übereinkunft getroffen, dass sie sich nie wieder gegenseitig so verletzen würden. Dass sie stattdessen immer füreinander da sein

191

würden und sich unterstützen würden, egal was der andere gerade brauchte.

In dem Moment, als Katie sich völlig in dem Kuss verlor und gerade überlegte, wie es weitergehen würde, ob sie ihn trotz ihres Gipsbeins zum Bett ziehen konnte, ließ Clayton in seiner Intensität nach und beendete vorsichtig ihren Kuss. Völlig benommen öffnete Katie die Augen und bemerkte erst da, dass sich ihre Hand in Claytons weichem Haar vergraben hatte. Außerdem lag einer seiner starken Arme um ihren Rücken, um sie zu stützen.

Clayton gab ihr noch einen kurzen, aber nicht weniger zärtlichen Kuss auf den Mund, bevor er ihr in ihr Bett half. »Du solltest jetzt schlafen, mein Schatz. Das war ein aufregender Tag für dich.«

Viel zu benommen ließ Katie alles über sich ergehen. Mit einem weiteren Kuss auf ihre Stirn wünschte er ihr eine gute Nacht. Noch immer hatte Katie kein Wort von sich gegeben, es ging alles so schnell. Gerade als er an der Tür angekommen war und hinausgehen wollte, fasste sie sich ein Herz und rief ihm zu: »Clayton?«

Er wandte sich zu ihr um. »Ja, Katie?«

»Möchtest du heute Nacht hier bei mir schlafen?«

Sie bemerkte, wie ihre Stimme zitterte. Ob vor Nervosität oder Aufregung oder Erschöpfung von den vielen aufwühlenden Emotionen und Gedanken des Tages, konnte sie nicht sagen. Wahrscheinlich war es eine Mischung aus allem.

Clayton sah sie eindringlich an. »Bist du dir sicher?«, wollte er von ihr wissen.

Zaghaft nickte sie und schlug die Decke auf seiner Seite zurück.

»Dann sehr gerne«, antwortete er mit einem Lächeln und begann sich auszuziehen. Nur in Boxershorts, so wie er schon

192

früher immer geschlafen hatte, legte er sich zu ihr. Sofort schloss er Katie in seine Arme und begann, sie sanft zu küssen.

Katie erwiderte den Kuss und genoss dabei Claytons Nähe und Wärme. Was sachte begonnen hatte, wurde allmählich stürmischer und schon bald entfuhr ihr ein Keuchen. Er brachte sie mit seinen alles verzehrenden Küssen schier um den Verstand! Die Lust auf ihn floss durch ihren gesamten Körper und überall breitete sich Gänsehaut aus.

Sie fühlte, wie er eine Hand an ihrem Rücken hinuntergleiten ließ. Im nächsten Moment griff er nach ihrem Hintern und zog sie näher an sich. Katie spürte ihn an ihrem Oberschenkel und verfluchte die wenige Kleidung, die sie noch voneinander trennte. Ungeduldig riss sie sich von ihm los und versuchte, so gut es ging, ihr Tanktop und ihre Shorts loszuwerden.

»Warte«, hörte sie Claytons raue Stimme. »Ich helfe dir.« Und das tat er auch. Ehe sie sich versah, lag sie völlig entkleidet auf dem Rücken und sah Clayton dabei zu, wie er seine Boxershorts loswurde.

Sofort war er wieder bei ihr und schob sich über sie. Katie entfuhr bei dem Körperkontakt ein Seufzen. Seine warme muskulöse Haut fühlte sich atemberaubend auf ihr an. Als Antwort lächelte Clayton wissend und nahm sein Streicheln wieder auf. Sie reckte den Kopf ein wenig, um auch seinen Mund wieder auf ihrem spüren zu können, was Clayton ihr nur allzu bereitwillig gewährte. Während sie sich dem Kuss erneut hingab, spürte sie seine Hände überall an ihrem Körper. Wie hatte sie es vermisst!

Clayton schien alle Zeit der Welt zu haben, denn er erkundete ihren Körper akribisch. Langsam wurde Katie wieder ungeduldig. Das ließ sie Clayton wissen, indem sie ihre Hände auf seinen Hintern drückte und ihn stürmisch an sich zog.

»Sch…«, erwiderte Clayton beruhigend, während er eine Spur entlang ihres Kinns zu ihrem Ohr küsste. »Wir haben die ganze Nacht Zeit.«

»Ich kann nicht mehr länger warten, Clayton.« Klang ihre Stimme ungeduldig und quengelig? Es war ihr egal. Clayton konnte ruhig wissen, dass sie lange genug auf ihn gewartet hatte und für alles bereit war, was noch kommen würde.

So gut es mit dem Gipsbein ging, schob sie ihre Beine auseinander, um für Clayton Platz zu machen. Trotz seiner Worte, dass sie sich Zeit lassen konnten, kam er ihrer Aufforderung nach.

Als sie endlich – endlich! – wieder vereint waren, fühlte es sich absolut himmlisch an. Überwältigt von den Gefühlen schloss Katie die Augen und gab sich ganz dem Moment hin. Er fühlte sich so fantastisch an. Sie hoffte, dass der Moment niemals aufhören würde.

Clayton schien ähnlich zu denken, denn er ließ sich unendlich viel Zeit. Sanft bewegte er sich über ihr und schien den Moment voll auszukosten. Dabei drückte er ihr unablässig kleine Küsse auf ihr Gesicht und flüsterte ihr zärtliche Worte zu.

Als Katie schließlich kam, schloss Clayton sich ihr nur wenig später an. Sie presste ihre Augenlider fest zu, doch die Tränen lösten sich trotzdem dank all der aufsteigenden Empfindungen in ihrem Körper. Das eben Erlebte ließ sich kaum in Worte fassen. Katie war völlig überwältigt.

Langsam kehrten sie beide wieder zur Erde zurück. Clayton bemerkte die Spur, die die Tränen hinterlassen hatte, und küsste sie vorsichtig weg. »Geht es dir gut, Liebes?«, fragte er sie mit belegter Stimme.

»Ja.« Katie konnte zur Antwort nur flüstern. »Das war…«

Clayton gab ihr einen Kuss auf den Mund. »Das war es.« Anschließend rollte er sich von ihr hinunter.

194

Vorsichtig drehte er sie auf die Seite und schmiegte sich von hinten an ihren Rücken. Seinen Arm legte um ihren Bauch und sie verschränkte ihre Finger mit seinen. Sie konnte an ihrer gesamten Rückseite die Wärme spüren, die sein Körper ausstrahlte, und sie kuschelte sich noch tiefer in seine Umarmung.

Clayton gab ihr noch einen sanften Kuss auf ihren Kopf. »Gute Nacht, mein Schatz.«

»Gute Nacht«, erwiderte sie leise. Mit einem Lächeln im Gesicht fiel Katie zum ersten Mal seit ihrem Unfall in einen tiefen und ruhigen Schlaf.

# EPILOG

Die Pizzakartons lagen ausgebreitet und geöffnet auf den Tischen um sie herum, während sie sich die Bäuche mit der besten Pizza der gesamten Umgebung – ihrer Meinung nach – vollschlugen. Nach Calvins jährlichem Schulauftritt hatte Clayton vorgeschlagen, Pizza aus ihrer Lieblingspizzeria zu holen und in Katies Bäckerei zu feiern, die um diese Zeit bereits geschlossen hatte. Die Kinder hatten freudestrahlend zugestimmt. So saßen sie hier nun zu viert und ließen es sich schmecken, während Calvin noch vor Aufregung gerötete Wangen von seinem Auftritt hatte.

Wie anders dieser Schulauftritt vonstattengegangen war als noch vor einem Jahr, erinnerte Katie sich mit einem Staunen. Während sie sich im letzten Jahr noch über Lanis Kopf hinweg gestritten hatten und ewig diskutiert hatten und keiner von ihnen so richtig der Aufführung folgen konnte, hatten Clayton und sie dieses Mal in harmonischer Eintracht und Arm in Arm den Kindern auf der Bühne gelauscht und gemeinsam gelacht.

»Das war wirklich ein super Auftritt gewesen, mein Schatz«, sagte Katie zu ihrem Sohn, während sie ihm über den Kopf streichelte. Ihr kleines Baby war mittlerweile nicht mehr klein und ließ die liebevolle mütterliche Geste nur mit einem Augenrollen über sich ergehen, strahlte aber trotzdem vor Stolz und rutschte mit vollem Mund aufgeregt auf seinem Stuhl hin und her.

»Ich weiß, Mom. Wir haben auch wirklich lang dafür geprobt.« Selbstbewusst streckte er seine Brust bei seinen Worten raus, sodass Katie sich ein amüsiertes Kichern über den Neunjährigen verkneifen musste. Ein Blick in Claytons belustigt aufblitzende Augen zeigte ihr, dass es ihrem Ehemann genauso ging.

»Und das hat man auch in jeder Szene gesehen«, bestätigte sein Vater.

»Nächstes Jahr werde ich auch ganz viel proben und so gut wie Calvin sein«, machte sich Lani bemerkbar, die mittlerweile in die erste Klasse ging und ziemlich traurig darüber gewesen war, dass die Erstklässler an der Schulaufführung noch nicht teilnehmen durften. Die Wochen vor dem Auftritt hatte sie bereits von nichts anderem geredet, sodass ihre Aussage nicht überraschend kam. Wie zum Beweis verdrehte Calvin genervt seine Augen, sagte aber nach einem Blick auf Katies hochgezogene Augenbrauen nichts zu seiner kleinen Schwester, um ihr die Vorfreude nicht zu nehmen.

In diesem Moment wischte sich Clayton die Hände an einer Serviette ab und schob seinen Stuhl nach hinten, um aufzustehen. »Und weil wir dieses Jahr alle ganz besonders fleißig waren, finde ich, haben wir uns auch etwas Besonderes verdient«, sprach er mit einer übertriebenen Geste wie der Moderator einer Fernsehshow, was Lani und Calvin zum Kichern brachte. Gleichzeitig begannen die beiden vor lauter

Vorfreude auf ihren Stühlen auf und ab zu hüpfen und in die Hände zu klatschen.

Was ging hier vor sich? Hatte Clayton etwas geplant? Katies Augen weiteten sich voller Anspannung.

Clayton ließ sich von dem Ganzen nicht beirren und lief gemächlich in Richtung Theke, um dahinter etwas hervorzuholen. Mit einer dünnen weißen Rolle in seiner Hand kehrte er in aller Seelenruhe zu ihrem Tisch zurück. Alle drei blickten mit weit aufgerissen Augen gespannt zu ihm auf.

»Komm schon, Dad. Zeig uns, was du da hast«, ließ ihr Ältester sich vernehmen. Die Ungeduld, die auch Katie verspürte, hatte er von ihr.

Clayton lächelte belustigt auf sie hinunter, machte aber zunächst keine Anstalten, Calvins Aufforderung nachzukommen, was die Spannung bei ihnen nur noch steigerte. So ein Mistkerl, das machte er mich Absicht, war sich Katie sicher.

Plötzlich riss er seine Arme hoch und vor ihnen erschien ein buntes Plakat, das Claytons Kopf und Oberkörper komplett bedeckte. Verwirrt runzelte Katie ihre Stirn. Auf dem Plakat waren mehrere Bilder zu sehen; weiße Sandstrände mit türkisblauem Wasser umgeben von grüner Landschaft, Bergen und Vulkanen und einer schwarzhaarigen Frau, die eine hawaiianische Lei trug.

»Clayton, warum zeigst du uns ein Plakat von Hawaii?« Katie konnte sich keinen Reim darauf machen, was er ihnen damit sagen wollte.

Auch die Kinder waren für einen Moment ganz still geworden, bevor Calvin laut ausrief: »Wir fliegen nach Hawaii!« Er sprang von seinem Stuhl auf und begann sofort mit weit ausgestreckten Armen aufgeregt zwischen den Tischen entlang zu laufen. Lani beobachtete ihn einen Augenblick mit weit aufgerissen Augen, sah noch einmal zu

198

Clayton, der immer noch hinter dem Plakat steckte, und sprang dann ebenfalls auf, um es ihrem Bruder gleichzutun, auch wenn sie vermutlich gar nicht wusste, wo Hawaii war.

Langsam ließ Clayton das Plakat sinken und sah zu Katie. Ihr klopfte das Herz bis zum Hals. War das wirklich wahr? Es war schon immer ihr sehnlichster Wunsch gewesen, einmal nach Hawaii zu fliegen und dieses so wunderschöne Land und seine Menschen kennenzulernen. Zu Beginn ihrer Beziehung hatte sie Clayton davon erzählt, konnte sich aber nicht vorstellen, dass er sich das all die Jahre gemerkt hatte.

Claytons Blick wandelte sich langsam von erwartungsvoll zu unsicher. Katie bemerkte, dass sie noch immer nichts gesagt hatte und stattdessen wie erstarrt auf ihrem Stuhl saß. »Und, was sagst du, Katie?«

Sein Lächeln war wie weggeblasen und sie wusste, sie musste ihn schnell aus seiner Misere befreien. »Stimmt es, was Calvin gesagt hat? Wir fliegen nach Hawaii?«, fragte sie ihn mit einem vorsichtigen Lächeln und klopfendem Herzen.

»Ja, das stimmt.«

Seine kurze und prägnante Antwort raubte ihr den Atem. Sie flogen wirklich nach Hawaii! Freudestrahlend sprang auch Katie von ihrem Stuhl auf und schlug ihre Arme um Claytons Hals. Mit einem überraschten Lachen fing er sie auf und legte seine starken Arme um sie, um sie hochzuheben. Aufgeregt und ganz hibbelig kreuzte sie ihre Beine hinter seinem Rücken und strahlte ihn an. »Wir fliegen wirklich nach Hawaii, Clayton? Das ist kein Scherz?«

»Ich weiß doch, wie sehr du dir das schon immer gewünscht hast, mein Schatz. Damit würde ich nicht scherzen. Und nach dem aufregenden und anstrengenden Jahr, das wir hatten, dachte ich mir, dass ein Urlaub auf Hawaii genau das richtige für uns ist.« Liebevoll blickte er in ihre Augen, während er sprach.

»Ich kann es noch gar nicht glauben. Danke, danke, danke!« rief sie aufgeregt aus und drückte ihm nach jedem Wort überschwänglich einen dicken Kuss auf den Mund.

Clayton grinste, wurde dann aber schlagartig ernst. »Ich liebe dich, Katie und das werde ich dir jeden Tag für den Rest unseres Lebens zeigen.«

»Ich liebe dich auch, Clayton.«

Mit einem sanften Lächeln schloss Clayton den Abstand zwischen ihnen und küsste Katie mit all der Liebe, die sie ebenfalls durchströmte. Hinter ihnen liefen ihre Kinder immer noch aufgeregt um die Tische und Stühle mit ausgestreckten Armen herum. Katie ging das Herz auf bei all der Liebe und Freude, die sie umgab. Hier mit ihren Kindern und in Claytons Armen war sie einfach nur glücklich. Dankbarkeit durchflutete sie, dass sie den Weg zurück zueinander gefunden hatten. Sie würde sich alle Mühe geben, immer an sich zu arbeiten und ihre gegenseitige Liebe aufrecht zu erhalten. Liebevoll erwiderte sie Claytons Kuss.

*ENDE*

# ÜBER DIE AUTORIN

Jenna Hansen ist das Pseudonym einer Autorin, die mit ihrer Familie in Norddeutschland lebt. Ihre Leidenschaft für das Lesen wurde in den Sommerferien zwischen der zweiten und dritten Klasse geweckt, als sie stundenlang in ihrem Zimmer auf der Couch saß und sich in die Seiten der von ihrer älteren Cousine geschenkten Mädchenromane vertiefte, anstatt draußen mit ihren Freunden zu spielen. Während des Lesens entdeckte sie eine grenzenlose Fantasiewelt und entwickelte die schönsten und aufregendsten Geschichten für ihre Protagonistinnen. Ihre Liebe zum geschriebenen Wort und zu Geschichten mit Happy End ist bis heute unverändert stark geblieben. Mit ihrer Arbeit als Autorin erfüllt sich Jenna einen lange gehegten Kindheitstraum.